歌飞太行

那棵沙棘树

郝志宏 著

新星出版社 NEW STAR PRESS

**图书在版编目（CIP）数据**

那棵沙棘树 / 郝志宏著. -- 北京：新星出版社，2023.12

（歌飞太行）

ISBN 978-7-5133-5388-5

Ⅰ.①那… Ⅱ.①郝… Ⅲ.①诗集–中国–当代 Ⅳ.① I227

中国国家版本馆 CIP 数据核字 (2023) 第 217195 号

歌飞太行
## 那棵沙棘树
郝志宏 著

| 选题总策划 | 邹懿男 | 责任编辑 | 李文彧 |
| 特约编辑 | 唐嘉琦 | 责任印制 | 李珊珊 |
| 审　　校 | 王　颖 | 责任校对 | 刘　义 |
| 封面设计 | 雷党兴 | 装帧设计 | 宣是国际 |

| 出版人 | 马汝军 |
|---|---|
| 出版发行 | 新星出版社 |
| | （北京市西城区车公庄大街丙 3 号楼 8001　100044） |
| 网　　址 | www.newstarpress.com |
| 法律顾问 | 北京市岳成律师事务所 |
| 印　　刷 | 北京天恒嘉业印刷有限公司 |
| 开　　本 | 880mm×1230mm　1/32 |
| 印　　张 | 7.75 |
| 字　　数 | 20 千字 |
| 版　　次 | 2023 年 12 月第 1 版　2023 年 12 月第 1 次印刷 |
| 书　　号 | ISBN 978-7-5133-5388-5 |
| 定　　价 | 58.00 元 |

版权专有，侵权必究。如有印装错误，请与出版社联系。

总机：010-88310888　　传真：010-65270449　　销售中心：010-88310811

# 太行踏歌行
## ——"歌飞太行"序

"太行天下脊，黄河出昆仑"陆游曾如此吟咏开天辟地之大美山西；"太行山似海，波澜壮天地"陈毅元帅路过山西即写出最长诗篇《过太行山抒怀》，隐喻了太行山和太行山人民对中华民族全民抗战做出的无与伦比的巨大贡献……历来，人们知道这里民风淳朴，民歌荟萃，小花戏、"左权开花调"成为国家级非遗，但是很多人可能不知，这里还有一群植根这片土地的诗人，他们在巍巍太行，行吟踏歌。我永远记得，太行山那个冬日清晨的暖阳。

2021年5月起，我在组织的安排下到左权县开展乡村振兴定点帮扶工作。2022年11月，左权县诗歌协会的同志约我在县文联一聚，因我在乡下距县城较远，手头事多且忙，诗歌协会的同志就将就我的时间，最后我们约定在周末见。那是11月下旬的一个周六早晨，我开车翻山越岭七十华里，早早来到位于左权县城辽阳街的文联办公地。文联原主席孟振先、办公室主任李婷婷、《左权文苑》执行主编乔叶老师，以及几位诗歌作者已早早等候。当我走进文联简洁的会议室时，一双温暖的大手立即把我握住，微笑着问候："楠杰书记来得早啊！""哦，张老您怎么也来了？"我惊讶地看见年逾古稀的张基祥老先生站在眼前，他编撰的《铁证》《碧血辽县》《抗战文化》等十多本书籍是左权一笔厚重的抗战史料和财富，我刚来左权不久就认识了他，一直很敬仰。见我有些惊讶，旁边的同志解释："您可能不知道，张老师是县首届作协主席，也是我们诗歌协会的大椽和核心哟，他听说您要来，一定要来见见您。"当时，一缕阳光从窗外斜照进来，金色的光辉洒在张老沧桑而和蔼的脸上，他正笑意盈盈地注视着我，双手柔软地握着我的手，我顿时感到一股温暖在传递——时空在此定格，记忆在此永驻，我记住了这一缕金色而温暖的阳光，记住了太行山这个冬日清晨的暖阳，记住了这一张张真诚、坦率、朴实而热切的笑脸……一上午，我们就着几颗花生、瓜子和热茶，谈起了左权的诗歌和他们的创作历程……

是年 9 月 18 日，左权县举行"辽县易名左权 80 周年纪念活动"，中国外文局副局长兼总编辑高岸明率外文局报道矩阵亲临左权并启动人民日报、光明日报、中国日报等央媒采风活动，活动中，我们中国外文局驻左权帮扶工作队向高局长汇报了左权县帮扶情况，呈上了县文旅局、文联等关于出版诗歌、非遗图书推进文化帮扶的请示，从那时起，左权诗歌协会诗集和其他两套丛书出版事宜进入了外文局的工作统筹，局办公室孙志鹏副主任曾在左权县麻田镇任职，热心而专业，他总在关键环节推动着诗集出版的工作，外文出版社、新世界出版社的责编们辛勤工作，都为了这几套丛书早日面世。因为，革命老区文化事业的发展也是乡村"五大振兴"的重要内容，是太行山乡村历史和自然风貌、太行山人心灵和情感源自灵魂深处的表达，需要汇入时代的洪流并展现给全中国、全世界的人们看，需要推介和宣传左权作为太行山上革命圣地"小延安"、鱼米之乡"小江南"、陆地桂林"最美太行"的山水人文，需要让更多的人知道这里人们的精神追求、心灵需求、最美风光，需要大家到左权来共同交流、发展，共襄乡村振兴之盛举！

左权这几年发生了巨大的变化，围绕"红色左权、清凉夏都、转型高地、太行强县"的特色乡村振兴日新月异，向国际国内展示着更美左权和更美左权人。韩建忠、乔叶、常丽红、李立华、于广富、刘利、崔志军、郝志宏、白帆这九位左权县的优秀诗歌创作者，正好从20世纪50、60、70、80、90年代依次递代生长，贯穿了社会主义建设、改革开放、现代化建设等阶段，共同汇聚于中国特色社会主义新时代，沉淀了几个时代的感受、思考和情怀，凝练了自身和时代共同经历的贫寒、苦痛、迷茫、欣喜、阳光和顿悟，伴随着时代一同发展和进步。九位作者，都生活在生产、劳动一线，而且多数都在为生活而苦苦地、匆匆地奔忙着，个别人生活尚处在基本温饱线，但他们没有停止精神的追求，没有放下善良和悲悯的情怀，没有抱怨命运的安排，更没有等靠要，而是努力奋发、自立自强，在各自的岗位上发挥特长、勤恳工作，而且保持火热、慈爱、奋进之心，带着精进的意志和思索、智慧的头脑，在太行大山上，在生活的征途中，踏歌而行。

实践的土壤给了他们创作的泉源，生活的磨砺给了他们不屈的魂灵，激发了他们创作的动力和灵感，九位诗作者向阳而生、用心比兴。乔叶，先天弱视，丈夫重病，一人扛起家庭重担，带着丈夫进城谋生，住过零下20多度的出租屋，在雇主家里做过保姆，在街头卖过包子，奋斗到今天，成为省作协会员、《左权文苑》执行主编；崔志军，做过农民工，做过厨师，后成为事业单位临时工并坚持创业，现为县诗歌协会主席；韩建忠，上山下乡当过"知青"，入伍四年三年班长，痴心红色文化宣传、剧本创作并颇有成效，多年来没有报酬却无怨无悔，而他充满感染力的朗诵传递着激情、热爱的家国情怀，不逊专业水平；白帆，晋中师范学院中文系毕业后立足自身专业，一边攻书法、写作，一边在工作之余创业，在地下室建了一个装裱店，可见他肩上的担子并不轻；郝志宏，历经村、乡、公安系统多个岗位，业余时间写诗，累且思考着、快乐着……九位诗人中，鲜有专业出身和传统意义上的文人诗人，仅有左权中学语文高级教师、中华诗词学会会员常丽红长期专攻古典诗词创作；东北师范大学中文系毕业的于广富，在高中系统参加过诗歌培训、大学时创办文学社，毕业后在机关从事文秘工作，并在新华社《对外宣传参考》做过编辑……专业人士寥寥，倒是生活的磨难从不缺席，感悟生活、思考生活的秉性也从不缺席……生活中所有的苦难经历和折磨，都不妨碍他们对于诗歌的追求，不妨碍他们对于生活的热爱、思索和表达……谁说，生活大学、社会大学、人生大学不是最好的诗歌培训课堂？谁说，生活、社会、人生不是最好的老师？正因于此，他们才更接地气，诗歌的形式才更加质朴、表达更加执着，向上生长的力量更加强大！左权中学物理老师刘利在教学之余"写心写情写这人间百态"，他认为"诗是美的，诗是真实的，诗更是发自内心的""我妄图用最简单朴实的语言，表达内心里的种种，诸如爱、诸如恨、诸如忏悔、诸如怜悯、诸如思念、诸如纪念、诸如得失、诸如呐喊、诸如愿望、诸如希望……"当是这群太行行吟诗人的共同心声。

"梁志宏/手中捧着一束山花/这束满天星/等了他七十六个春夏/七十六年前/梁志宏的叔父十六岁/在这束山花旁/目睹了左权将军/在榴弹的爆炸中倒下"韩建忠《十字岭的山花》流淌着这座英雄城市对英雄的追忆和执着追求;白帆在《旧居里的木槿》旁浅吟低唱:"时常有人在左权旧居/游走或是停留/迎来送往的时日累积/茂盛着院里的两棵木槿/我站在树旁/嗅一瓣花的滋味/连同历史咀嚼入喉……""告诉我旧寨在哪里?/旧寨还远不远?/我家是旧寨哩,你知道不?"崔志军的《寄往旧寨》用一位坚守老人的话道出对历史和家乡骨子里的思念;"我又在联想/许是佳人思君,泪流成溪/桥边栽下相思树/多年后/君子成树/树成君子"郝志宏巡游山岗,见《那棵沙棘树》矗立清溪和石桥旁,顿生相思;而李立华在《所有升起都簌簌落下》中感悟"白云升起/雨簌簌落下……所有升起都簌簌落下"的世间循环大道;悟道"上善若水"的于广富则在《此刻,我只与月光为邻》中感悟:"水总是淡然而去/有很多的悲伤在微澜下面/激走,一些忧郁也在顺流而去/这样的时刻,总能让人的/内心,平静如水";感恩的乔叶在《六月的海》中描述自己不仅时刻保持一颗感恩的心,且因此"面前出现了真实的大海/展翅飞翔的海鸟、辽阔湛蓝的海水/我在欢喜中醒来/哦,海是书/书,是我的心"生出进取之心;而刚出版了《漱玉心莲》格律诗作的常丽红在《将军峰》中,以笔为刀为曾经横刀立马、带领八路军指战员浴血战斗在这片土地上的彭大将军塑像,虽弱女子却愣是刻画出铁骨铮铮:"他就是一座活的山峰/巍然屹立,铁骨铸就,铮铮似你/手执望远镜,观山河,誓补金瓯/观风烟,欲刃雠寇/观村庄,欲挽民出水火/凛然,凭谁敢来叩犯"!

……

诗言志,志为心声;歌咏言,言亦为心声。当"志"和"言"皆为心声之自然流露、嘹亮飞扬,并与天地之浩然正气、人间之沧桑大道汇成时代之滚滚洪流,左权诗人,在太行山上的行吟、踏歌,将响彻华夏大地!

同时,诗歌是文学皇冠上的明珠。需要不断精进、攀登,甚至向苦而进,向苦而精,才终将千年流传。今年9月23日,正值秋分之日,我从桐峪镇出发,徒步八个半小时、七十华里翻越海拔近1500米的土门岭走到左权县将军广场时,诗歌协会的诸位同仁早已在广场等候,对我说:"有志者事竟成!"其实,他们是说给自己的——有诗者,事竟成!

值此左权县诗歌协会诸君精雕细刻的大作

即将出版之际，再三嘱我为序，推辞不过，愿以此为契机，以"外文局人、左权人、工作队员"的三重身份——

感谢中国外文局领导、帮扶办和各位同仁对老区的全面关心、帮助、扶持，感谢左权县委县政府和各级同事为这片土地的殚精竭虑、团结奋斗。

感谢左权人民，在这两年多的帮扶工作中，给予我各方面的帮助和关怀，我真心感到革命老区"人人是教员、处处是课堂、时时受教育"，这座山和这座山上的人们对我的恩泽，一生感恩不尽、受益无穷。

感谢外文局驻左权帮扶队各位队友和社会各界人士，一同为革命老区脱贫攻坚、乡村振兴做出的无私奉献和一致努力！我们有理由相信：俗称"表里山河"的大美山西，在三千万三晋同胞和十四亿华夏儿女的共同努力下，乡村振兴将伴随中华民族伟大复兴的脚步，铿锵有力、踏歌而行！

是为序。

楠　杰
2023年国庆

# 心灵的闪光（代序）

张基祥

　　漫长的疫情突然被解除，春日到达人间之际，郝志宏将他的诗集送到我家，并希望为他即将付印的书作序。我有点为难，但盛情难却，便欣然答应。

　　为难是因为我对当代的自由诗，很少拜读，总感觉读不大懂。既然不知，不能妄评。那我就对他的人品和诗作谈一些感想吧。

　　左权县是太行山中段的一个山区小县，属于民间艺术范畴的民歌、花戏名扬全国。但纯文学诸如小说、散文、诗歌的作者和作品，较周边县市还有较大差距。2014年，县文联和作协创办了《左权文学》季刊，文学爱好者有了发表作品的平台，创作热情骤然高涨，《左权文学》办得风生水起，被晋中市文联、作协评为"优秀文学期刊"。左权县作者的作品在市级文学期刊《乡土文学》上占有了重要一席，左权作者的诗歌还在国家级《诗刊》上出了专栏。

郝志宏就是这一群朝气蓬勃的诗歌作者中的一位。他不仅诗作丰盛，每逢县文联、作协、诗协开会，或组织外出采风，他总是积极参加，并忙前跑后地服务。他个子不高，人又年轻，却和县文联一位副主席名字音同，大家就不一而同地亲切地喊他为"小志宏"了。他对年长于他几乎一倍的我也特别地尊重、信任，我自然不应让他失望。

我抱着学习的态度，细细品读了志宏洋洋洒洒176首诗作，越读越有兴趣，越读越有滋味，越读越觉得大有品位。有的诗让我酸楚，有的诗让我忍俊不禁，有的诗又觉得震聋发聩。他的诗很有特点，大部分篇幅短小，许多诗仅仅几行，内容却很丰富，取材非常广泛。大到国事民情，小到懵懂孩童，甚至一丝感悟，均可入诗。他说："我随时随地喜欢观察，喜欢思考，一有灵感就立即记下，也不做太多的加工修饰。"我觉得他的诗就在眼前、在耳里，迸发出的却是心灵的火花，心灵的闪光。

这灵感来自于他的生活，来自于源头活水，来自于他的勤思善考。他工作仅十几年，换了多次岗位，却几乎都在基层，都在第一线，几乎每天生活在群众中，他感受到大地的温暖，聆听到乡亲们的呼声，诗便源源不断从心底里流淌了出来。大诗人艾青说:"生活实践是诗人在经验世界里的扩展,诗人必须在生活实践里汲取创作的源泉,把每个日子都活动在人世间的悲、喜、苦、乐、憎、爱、忧愁与愤懑里,将全部的情感都在生活里发酵,酝酿,才能从心的最深处,流出无比芬芳与浓烈的美酒。"志宏的诗,可以说就是这样。

志宏的诗,看似随意,其实精心。其中不乏哲理、幽默、风趣。从小情小景之中,感悟内在道理,从而感人、宜人。

诗集开篇是《写给起点诗社》,首节就是:

第一次听到你的名字
想起了我的人生
有多个起点,也有多个终点
但我感觉,我一直停留在原点

以诗社名的"起点",立即想到自己的"起点、终点、原点",多么奇妙的开端!没想到诗的第二节,竟突然又从初恋的"起点"开始,把对诗的钟情与爱恋,比作自己的初恋"美人",诗人对诗的暗恋、胆怯、自谦之情跃然纸上。

在第二篇《与自己和解》,写自己无聊之时,便偷着抽根烟,忽然脑子就有些许思绪,而后写出:

心干净了，人便清静
其实每本书，都是心经

这是多么富有哲理的句子！

再看第三篇《耿直的树》，仅仅八行，就写出了石山崖中一棵树，自立、自强，从不怨天尤人，只有一个信念，只靠自己努力，达到了"扎根、成长"的理想境界。多么精炼，多么生动感人，又多么令人信服，多么励志！

再看诗集中的《半瓶醋》，从儿时说起，最后仍以"半瓶醋"自嘲。其实，在我看来，这部诗集其实是满满的一瓶山西老陈醋啊！

志宏的诗五彩缤纷，绚丽多姿。仅看目录便知，不必专叙。请诸君在饭前餐后、午休晚眠之前，随意浏览几篇，就能得到心灵的快慰，因为篇篇皆是诗人心灵的闪光！

感想拉拉杂杂，皆自肺腑之言，权以为序。

2023年春日

（作者系原左权县作协主席）

# 目 录

## 辑一

| | |
|---|---|
| 写给起点诗社 | / 3 |
| 与自己和解 | / 5 |
| 耿直的树 | / 7 |
| 迎接一场洗礼 | / 8 |
| 半瓶醋 | / 9 |
| 流年 | / 10 |
| 试着微笑 | / 11 |
| 痛并快乐着 | / 13 |
| 和酒姑娘说分手 | / 15 |
| 回归 | / 16 |
| 难离故土 | / 18 |
| 凌晨的夜 | / 19 |
| 夜路双狮岭 | / 20 |
| 失忆症 | / 21 |
| 在那个时候 | / 22 |
| 世事无常 | / 23 |
| 生日不快乐 | / 24 |
| 偶遇"黄牛" | / 25 |
| 继续失眠 | / 26 |
| 走过时光 | / 27 |

| | |
|---|---|
| 刘姨 | / 28 |
| 一个好人 | / 29 |
| 一觉醒来 | / 31 |
| 一瓶老酒 | / 32 |
| 一瞬 | / 33 |
| 睡在两山之间 | / 34 |
| 给心一束光 | / 35 |
| 照亮自己 | / 36 |
| 夜猫 | / 37 |
| 夜半三更 | / 38 |
| 夜醒啦 | / 39 |
| 雪绒花 | / 40 |
| 自我安慰 | / 41 |
| 画饼 | / 42 |
| 做梦 | / 43 |
| 给心放个假 | / 44 |
| 赶路的人 | / 45 |
| 走道 | / 46 |
| 缘分 | / 47 |
| 酒后的你 | / 48 |
| 父亲的工友 | / 49 |

## 辑二

| | |
|---|---|
| 麻田·十字岭 | / 53 |
| 一位老人一个馆 | / 55 |
| 将军的战鸽 | / 57 |

| | |
|---|---|
| 黄泽关的风和日月 | / 59 |
| 日月星庄园的夜 | / 60 |
| 左权酒厂 | / 61 |
| 桐峪圪廊 | / 63 |
| 梧桐树 | / 64 |
| 在雾中 | / 65 |
| 夜市 | / 66 |
| 空房子 | / 67 |
| 母亲节 | / 68 |
| 教师节的礼物 | / 70 |
| 岳父的擦脸巾 | / 71 |
| 陪伴父亲的鸟 | / 72 |
| 三叔走了 | / 73 |
| 你的泪雨 | / 75 |
| 爹娘是天地 | / 77 |
| 在心头 | / 79 |
| 宝贝已成过去式 | / 80 |
| 致我现在的宝贝 | / 82 |
| 傻闺女逃婚 | / 83 |
| 思念只能怀念 | / 84 |
| 童言无忌 | / 85 |
| 掰手腕 | / 86 |
| 嘟嘟的安逸 | / 87 |
| 气不打一处来 | / 88 |
| 爱之深 | / 89 |
| 放风筝 | / 90 |
| 青春啊青春 | / 91 |

当一个人失去自由 /93
南下 /94
那棵沙棘树 /95
年 /96
正月十三 /98
下雪了 /101
父爱如山 /102
把根留住 /103
一切都是天意 /104
水滴石穿 /105
异乡的冬夜 /106
侄女远嫁 /108
小院儿 /110
叶落归根 /111

## 辑三

活着的方向 /115
健康第一 /116
走在雨中 /117
等待春天的枯叶 /118
晨练 /119
树的伟大 /120
植树节 /121
冬至 /122
享受平凡 /123
威海之夜 /124

| | |
|---|---|
| 秋天是个好焊工 | / 125 |
| 向阳花 | / 126 |
| 秋风里的裙摆 | / 127 |
| 我从不躲雨 | / 128 |
| 春雷 | / 129 |
| 何必紧张 | / 131 |
| 满月 | / 132 |
| 一场秋雨 | / 133 |
| 她还是不够累 | / 134 |
| 美好的等待 | / 135 |
| 下雪的夜 | / 136 |
| 雨后清晨 | / 137 |
| 乌云礼赞 | / 138 |
| 一只老苍蝇 | / 139 |
| 春天里的送别 | / 140 |
| 立冬的雪 | / 142 |
| 晚熟 | / 144 |
| 放生欢欢 | / 145 |
| 我自安然 | / 147 |
| 虚惊一场 | / 148 |
| 抽烟的女士 | / 149 |
| 二本 A 的喜悦 | / 150 |
| 傻福 | / 151 |
| 解药 | / 152 |
| 三十六小时的梦 | / 153 |
| 如梦不醒多好 | / 155 |
| 当天入睡当天醒 | / 156 |

| | |
|---|---|
| 和蚊子做游戏 | / 157 |
| 不眠的忧伤 | / 158 |
| 静夜思绪 | / 159 |
| 回笼觉的美 | / 160 |
| 等咬 | / 161 |
| 倒倒睡 | / 162 |
| 成人礼 | / 163 |

## 辑四

| | |
|---|---|
| 破晓之爱 | / 167 |
| 分水岭 | / 168 |
| 城南大树 | / 170 |
| 登高洗心 | / 172 |
| 放羊汉的眼泪 | / 173 |
| 殃及池鱼 | / 174 |
| 同频共鸣 | / 175 |
| 夜之芳华 | / 176 |
| 错位 | / 177 |
| 层层递进 | / 178 |
| 只住几天的房子 | / 180 |
| 散光眼 | / 181 |
| 蓬勃朝气 | / 182 |
| 不简单的姑娘 | / 183 |
| 意料之外 | / 184 |
| 一根头发 | / 186 |
| 一省了之 | / 187 |

| | |
|---|---|
| 暖风机 | /188 |
| 伙伴的由来 | /189 |
| 欲速不达 | /190 |
| 省悟 | /191 |
| 定力 | /192 |
| 返璞归真 | /193 |
| 腌黄瓜 | /194 |
| 老同学聚会 | /196 |
| 我们的"84"情怀 | /198 |
| 那一年的我们 | /200 |
| 回味 | /201 |
| 顺理成章 | /203 |
| 柑橘红了 | /204 |
| 香水有毒 | /205 |
| 悲剧 | /206 |
| 似雪年华 | /207 |
| 无能为力 | /208 |
| 舞者与我 | /209 |
| 彩霞 | /210 |
| 天生两对 | /212 |
| 高端 | /213 |
| 无语的日子 | /214 |
| 自渡 | /215 |
| 闰二月的清明节 | /216 |
| 禅修 | /217 |
| 看似平常 | /218 |
| 一块手表 | /219 |

最美梦乡　　　　　　　　　　　　　　　/ 220

**后记：人不能吃太饱**

**跋：歌飞太行情意长**

辑一
✦

## 写给起点诗社

第一次听到你的名字
想起了我的人生
有多个起点,也有多个终点
但我感觉,我一直停留在原点

起点,让我想起初恋
竟是一场暗恋
一场没有勇气的思念
我一直是个懦夫
停留在灵魂的边缘

起点,总想把对你的爱恋
创作出伟大的诗篇
于是饮酒壮胆,熬夜达旦
终未能使我的美人如愿
旅游都没能同你走多远
又谈何与你流浪到天边

确定我与浪漫无缘
我一直生活在老林和深山

酒精改写了我的人生
通宵护送我走向深眠

原来我是生活在婚姻里的
光棍儿汉
老婆是我的狱友
孩子是我的同案犯

其实我离开起点
就没敢走多远

## 与自己和解

极度无聊的时候
偷着抽根烟
感觉身体变成了火炉子
脑袋就像烟囱
灵魂瞬间随烟雾
上升一个高度

抬起久未清洗的胳膊
在胡茬上蹭来蹭去挠痒痒
听着马常胜的筝乐
看着余秀华的哲学散文
这些年,除了容颜变老
其他,一切如旧

心干净了,人便清静
其实每本书,都是心经
每段音乐,都可听来养性
胡子可以拉碴
身体可以邋遢
精神必须洁癖

举起左手的红酒杯
抬起右手的白酒盅
自己和自己干杯
自己和自己和解

## 耿直的树

一株,生长在山石夹缝中的树
从未亲吻过土壤的滋味
靠天而生,靠天而长
他没有日常的水分可以滋养
唯有雨来时的暴饮暴食
他唯一的信念就是生存下去
在举目无亲中
扎根,成长

## 迎接一场洗礼

我熬了一整个夜
只为等待，预报里明早的雨
天蒙蒙亮时，雨来了
先是耳朵听见
后推窗看到

小城需要洗礼
人间需要洗礼
我心需要洗礼

在租住的阁楼里
将孤独暂放雨声里
听雨入眠

## 半瓶醋

小时候,在桐峪村
家里的醋瓶子,是个啤酒瓶
正好能盛一斤醋
从小卖铺打上醋,回家的路上
边走,边喝
走到家就只剩半瓶醋了
妈妈说我
你真是一瓶不响,半瓶晃荡

生在北方农村的我
却喜欢吃南方的大米饭
儿时妈妈要做两样中午饭
面食和一小锅大米饭
我不喜欢吃,面臊子里的蔬菜
就用筷子给大米饭插孔,再淋上菜汤
妈妈又说我
吃时,三步并做两步跑
做事,两步变做三步走

转眼,不惑之年
我依然是个半吊子
一声不响,半生晃荡

## 流年

是车轮,亦是年轮
是岁月,亦是穿越
是娃娃架子上的你
亦是二八车杠子上的我

回不到的过去
留不住的现在
等不走的将来

是钟摆亦是沙漏
是过客亦是来者

## 试着微笑

逆向行走在人行道上
我试着向每一个迎面走来的人
送上一个走心的微笑

几个匆忙赶路的人
像一丝微风拂过
根本无视我的微笑

一位穿着精简，打扮丰富的女郎
驻足问我：咱俩认识？
我微笑着摇摇头
她冷冷轻轻地回了一句：有病

商店台阶下啃干面饼的环卫工
露出牙花子，回应我一个微笑
招手欢送我：慢点啊！

又遇几位半生不熟的"熟人"
他们好奇地盯着我
问我：中彩票啦？

到了单位

我依旧微笑着向美女同事致以注目礼

她还是那句回应:这人,不知道每天高兴甚哩!

## 痛并快乐着

你用马桶搋
用力捣鼓的时候
就不觉得恶心吗

这好比
医生给急救病人
做心跳复苏按压
连带人工呼吸
顾不上病人嘴臭一样

以此类推,我是在
抢救一个马桶的生命

有时候
我们不需听过多解释
更不必知道真相
只求个痛快

就好比牧羊人
将多余生下的羊

一把摔死

如若没有结果
后果将不堪设想

## 和酒姑娘说分手

戒掉对酒的热恋
开始了对茉莉花茶的拥吻
任由酒友数落我
出轨也好,劈腿也罢
纵使再多离情别绪
我弃酒投茶,移情别恋啦

## 回归

踏上将要征服的大山
独自徒行
将填满的心际再次放空
将烦俗放逐在脚步踩过的泥土里

走过湿地，跨过溪流
越往高处，越是干涸
脚下的路越发踏实，坚硬

与远处的人群渐行渐远
与天空、山岩越走越近

心中的泪化作汗水
一半上升云里
随云朵游荡远方
一半挥入土中
流淌进小花小草的生命里

站在峰顶
仰头闭目，张开臂膀

向着阳光沐浴我的方向

洗净凡尘，放下执念
吮吸远离人间的气息
静得只剩下自己的呼吸

归来吧，自己……

## 难离故土

其实,人世间
有一种苦,不叫苦
离开了那个苦地方
才叫苦

看到他落泪的瞬间
我也落泪了
我看见他脸上写的一个
大大的苦字

我想起了我的爷爷
我的爷爷是幸福的
至少他逝去的时候
只是失去了生命

我不知道他离开这里
还能活几年
但我深信,他如果留下来
还能活好多年

至少,死而瞑目

## 凌晨的夜

这是新一天的开始
也注定是前一天的结束
每一天都在漆黑中开始
又在漆黑中结束

这个后半夜是极公平的
它让世间万物,不得不静下来
静得安谧,静得诡异

也许
伴随凌晨醒来的人心里是最清楚的
伴随日出起床的人眼睛是最清楚的
漆黑自是一种死寂停顿
光明何尝不是一种盲目前行

世上的人试着改变世上的生活
也被世上而改变着
对与错,黑与白
均是自作自受

## 夜路双狮岭

感谢乡间田野
让我在黑暗中
再次,仰望到闪闪星空

感谢这条夜路
让我在拐过山坳处
遇见,双狮岭那轮寒月

感谢你,姑娘
让我怀里的小鹿
再次乱撞

## 失忆症

头天晚上停好的车
第二天老一会儿才找到
乘电梯到了一楼
常返回去查看防盗门锁住没

剪了左脚指甲
剪完右脚指甲还得看看左脚
好友说这不叫失忆
叫缺钱,只要花钱都能解决

买个固定的停车位
就不用左找右找
请个保姆
就不用担心锁没锁门

去足疗店做个修脚
就不用担心哪个指甲还没剪
我突进入失忆状态
赚的钱都哪去了

## 在那个时候

生产队的驴在发情的时候
会先嘶鸣
没有得到异性回应的时候
而后打滚

在那个物资匮乏的年代
村里大都只能找兽医问病
不论老幼,兽医总说
你这症状要是按照驴来说……

## 世事无常

人们不是在赶时间的路上
就是在路上赶时间
匆匆且匆匆的
要将人生之路赶紧着走完
唯有即将死去的人在祈求
能不能等等再咽气

人类不断刷新着，加快欲望实现的速度
给机器装上轮子，架上翅膀
给生命装上子弹
可曾想，欲望实现得越多
失望就越多
在这一切以飞快为标准的时代
慢其道而行之吧

我们在赶时间的路上
错过和最初的自己
相遇，问好

## 生日不快乐

我从不，约好友给自己庆生
因为生日是一个神圣的日子
不该只属于我
主角应该是我的妈妈
这是一个母亲生我的劫日
灾难日，不是节日

## 偶遇"黄牛"

我在三十五岁
戒掉了酒精
我在四十岁
戒掉了女色

在近三年,我戒阳
直到疫情全面放开
我在不知不觉中,破了戒
在夜色的掩护下
有人给我推荐了黄牛的电话

我通过黄牛买到了抗原
比正常价格贵十倍
连测了三天,两杠红线
更让我震惊的是
黄牛是我的同学

## 继续失眠

漆黑的夜色
痛彻心扉的黑暗
孤独和烈酒
难掩内心的脆弱
哭泣与忧伤
只有自己最明了

星空和月色
依旧闪烁和迷离
清明的雨粒
泪水更自然飘零

活着和逝去
暗自庆幸和迷茫
我和你
各自坚守和将就

## 走过时光

诗社的窗通向西方
到得冬日
文友每遇周六小聚
总能感受那醉人的夕阳

门在东方
我们从朝阳走来
去往夕阳

## 刘姨

认识刘姨是在三十年前
她患有精神病
这些年,她一直梳着大辫子
今天在城南桥偶遇到她
一路奔跑

三十年了
刘姨越病越精神

# 一个好人

他不停对我讲
他是个好人
将他所做好事
一件一件说给我听
那得意的神情
像捡了多大便宜似的

我不由打了一个冷战
幸亏我是个爷们儿
要不我都得以身相许嫁给他
幸亏我没干啥太坏的事
要不在他面前
都得把脑袋钻进裤裆里

幸亏他没为我做好事
否则我下辈子
都得为他当牛做马
他翻出一叠报纸
说记者都在报道他的好人好事
又掏出手机指给我看照片

说中央首长都同他合影留念

他又悄悄地告诉我
县长、县委书记都求他办事
我装出很崇拜的表情
惊讶得连连点头
不停地竖大拇指给他看
我知道他和大多数报纸里的
好人一样

不知从何时起
好人也被市场化
进入了商品行列
好人变成了一个标签
我只觉得，他是个
让我感到厌恶的，好人

# 一觉醒来

无须对焦的子夜
春夏秋冬都一个色
一场春梦醒来
已是半夜一点五更

刚才梦到同知己友人一同踏青
两岸春光欢声笑语
醒来发现,卧室的夜和刚才的梦里一个温度
立秋后的半夜,一点五更,定会比今夜清爽

日子如何也要给自己一个舒适的温度
何必太过心重
如能梦回两千年前
那时是否也有个自己

也曾轻舟已过万重山
也曾与尔同销万古愁

## 一瓶老酒

这是一瓶西凤大曲
一瓶和我同岁的酒
据说在黑市价值五百元
贵在纯粮酿造

我享受地嘬一口,啧一声
喝了三十六口
也数落了三十六年过往
酒的生命单位是陈年
我把陈年喝光了

酒死了,岁月活了

# 一瞬

黄昏,车窗外的笔架山
渐行渐远,小汽车
疾驰进入高速隧洞的那一刻
唰地进了时空隧道

远山坳的那一缕炊烟
那里有我锅台边的母亲
揭开锅莚
热气腾腾的开花馍馍
那温情的麦香
闭眼陷入久久沉思
睁眼已是两纵热泪

小时候
总想着快点长大
长大了
却再也没有了儿时的怀抱

过去,现在,未来
只一瞬间

## 睡在两山之间

纱帘拉住,隔光帘拉开一条缝
明早的晨光就能透进来
睡在两个枕头中间的峡谷
盼望做回儿时的梦
炎热的夏夜
我这个宝宝睡在爸妈中间
该是多好

## 给心一束光

如果没有记忆
昨天就是上辈子
如果没有人类
不会有生死一说

人吃牲畜
和狮子吃角马
残忍地合乎情理

地球上的人
就像水族箱里的鱼
也许我们
本不来自这里

如此想象
生命的存在
都是为了明日
奔忙

## 照亮自己

我从精神小伙

变作愤青

就像一堆干柴

燃成烈火

化作灰烬

我才看清我自己

有多黑

## 夜猫

这夜如此安静
躺下却睡不着
心里想着什么
莫名的悲伤
内心酸楚的痛

漫漫长夜谁来作陪
我把时间都给了谁
不愿做同流的鼠辈
却也难找同行的猫类
我不想余生和这黑夜一样难熬

## 夜半三更

许久没在这个点醒了
被一泡没有计划的尿憋醒
索性起床放浊
侧躺回原处看着手机

似习惯了这种,在黑暗中
睁一只眼闭一只眼地活着
突想哪能一直堕落自己
便再次起身拉开窗帘

已然没有儿时的满天繁星
夜空漆黑一片
人间数盏灯光闪闪
原来那星早已下班

权且把那广场中未灭的一颗灯球
当成圆月吧
既然睡不着,何不清醒着
捻珠、捧书、等日出、等困

然后仪式感地关灯睡觉
在回笼觉里重铸自己

## 夜醒啦

我站在阳台
望着曙光出现的地方
不一会儿,天微微亮了起来

阳光重照大地,街灯灭了
夜醒了,只是有的人还在梦里

## 雪绒花

独自走在夜的霓虹灯下
盏盏路灯似个个巨人凝望着我
止步,仰望深邃湛蓝的夜空

呀!摇曳着一把小伞
伸手去接,好大的雪片
接住了,接住了
属于我的第一朵雪绒花

可惜,它瞬间融化在我的手掌心
紧接着,洋洋洒洒的雪绒花接踵而至
开前的雪花落地都化作秋水
似乎是为了紧随其后的雪花安全着陆

它的来到,算不上生命
虽是一瞬,却能铭记一生
让世界为之定格

## 自我安慰

这位老板虔诚地跪在佛像面前
和旁边的神职人员诉说着什么
神职人员眯着眼一语不发
当老板将一沓钱放到供桌上的盘子里

神职人员发话了,起来吧
我把你的事和神二奶奶说了
神二奶奶发话了,会保佑你的

## 画饼

在"有可能"的承诺里
加油、前进
在"不好说"的搪塞里
徘徊、纠结
在"哪能够"的委婉中
看透、冷漠
在我未成为鱼肉前
啃过你画的大饼

## 做梦

不知有多久没有和母亲
在梦里见面了
仔细一算
和母亲分别十八年了

上次梦见母亲
也不知道是什么时候
没有母亲的日子里
我一直故作坚强

梦见母亲
是一件幸福的事情
只有在有母亲的梦乡
我还是个孩子

## 给心放个假

当生活变成了暴走的钟表
节奏深陷齿轮摩擦
只管滴答,滴答
请适时给自己放个假

捧一杯红酒和夕阳会个面
听一曲一九九八
跟随小提琴的欢畅
朦胧中和小音乐家杨科相约

坐在麦秸垛的田野
听风吹过耳畔
追逐、嬉闹、玩耍……

## 赶路的人

有天清晨,我驻足街头
看了看那些赶路的人
不论腿长腿短
都在大步流星地迈进
看得我一阵眩晕

我们把生活快进了几倍
缩短了时间
缩小了空间
这上赶着的人间生活
不忍直视

## 走道

毕业多年
生物钟依旧是早晨五点半
起床刷牙
迎着晨风走在路上
寻找那些空旷的街巷

一个人孤独地行走
细听那风声、鸟声、呼吸声
仰望那结伴而行的蓝天白云
还有那散发柔光的太阳

我的行走没有方向
只想走近大自然的风光
在行走中参禅悟道

## 缘分

接近零点三十分
我还躺着,还没进入睡眠状态
忽想起邬桑的父亲

那位终年躺在床上的瘫痪老人
每次和叔叔见面
相聊甚欢,直指心性
再见时的感受

总是,我又和佛见了一面

## 酒后的你

你笑了,你总算笑了
笑得那么像个孩童
你哭了,你真的哭了
哭得像找到了妈妈

你累了,你真的累了
累得像个偎坐在垛秸旁的小老头儿
你睡了,你真的睡了
那是走回旧街巷的甜美梦乡

你静了,你真的静了
好比横贯沙洲后的沧桑
你美了,你真的美了
像花苞静待绽放
你说过,宁愿做醒着的醉徒
不愿做装睡的奴才

## 父亲的工友

代老爸，参加他工友女儿的婚宴
同席的都是我穿开裆裤时
认识的叔叔阿姨
那时的他们青春正茂

三十年前的酒厂青年工人
是小县城里很体面的职业
谁曾想过改制未果，壮年下岗

都是酒厂出来的，却都戒了酒
饮料撞怀，往事聊不少
一起的回忆是美好的
各自的岁月又不堪讲起
活着的谈论死去的
来了的谈论没来的

一帮人将命运交给酒厂
酒厂改变了一帮人的命运

辑二 ✦

## 麻田·十字岭

伴着秋天的落叶去往麻田
走进八路军总部纪念馆
从一楼到三楼
见证着新中国的革命诞生发展
更见证了老区的光荣奉献

走进八路军前方指挥部
走近首长们的办公院落
走近左权将军曾经生活的地方
见证着革命前辈四海相聚为解放
青春和满腔热血甘洒疆场

踏着一路山花的芬芳
登上十字岭
这是左权将军牺牲的地方
一片云遮住了将军的雕像
仿佛在为将军遮阳

环顾四野
太行山峦将这里环抱

风吹松涛呜呜

似为将军哀唱

莫忘1942年5月25日的战场

# 一位老人一个馆

这里是辽县抗日战争纪念馆
一座小型建筑
却能震撼每一位来访者
这里免费开放
馆长身兼讲解员
是一位名叫王爱甫的老人

这里有许多革命文物
更有日寇侵华罪证
带你走进烽火岁月
正堂供奉着辽县抗日英烈
他们生于辽县
却牺牲在了全国各大战场

当年七万人口的小县
村村户户有人参战
保家卫国客死他乡
王爱甫老人真的伟大
为抗日英烈骨灰寻亲
给抗日英烈铭刻墙挂

只为昭示后人
不忘国耻，铭记先烈
今日来之不易
谨记落后挨打

## 将军的战鸽

春天里,我看到一只鸽子
许是飞累了,小憩在校园的将军塑像头顶
后来的日子里,我竟然发现它常在这里飞行
在将军塑像上空环绕几圈后
收翅停落在将军头顶

我忽然在想
鸽子的妈妈的妈妈的妈妈
肯定在那个战火纷飞的年代
是一名将军的战士——信鸽

为将军的指挥收发军情
为将军的战果频传捷报
为将军的爱情牵线搭桥

后来,将军在指挥后方百姓转移的路上
大喊:敌机来了,都趴下!都趴下!
而将军却不幸中弹
倒在他乡土地

为了纪念他的英勇
人们在他牺牲后的这片土地
修亭立碑，纪念将军和他的战士们

在校园矗立起一座将军塑像
让人们永世铭记他的丰功伟绩
将军的战鸽也驻扎到这里
守卫将军，繁衍生息

## 黄泽关的风和日月

从防疫站卡出来
看向双狮岭
挂着一轮硕大的黄月
冰冷无情，直刺人心
不禁打了个寒战

黄泽关的西北风
整夜战马嘶鸣般地咆哮着
西窗外的那片坟茔
会不会是当年镇守边陲的英魂

这风又像是在叫醒我这个
本该在夜里失眠的人
整晚没睡踏实
翻着似醒非醒的身
做着似睡非睡的梦

第二早，红日出升
和平重照人间
照亮黄泽关原住民
藏民般通红的脸庞

## 日月星庄园的夜

今夜,我们住在庄园的蜂窝客房
屋顶挂满小花小草
我们可以在梦里变成小蜜蜂
采花酿蜜

乡村的秋夜格外宁静
有人问
今晚咋没有月亮
不知谁说了一句

她被我们的浪漫感染了
害羞地藏进了夜幕里

## 左权酒厂

这是个被人遗忘了的地方
曾经那么辉煌
你的地下有股甘泉
成为酉时嫁给酒曲的新娘

八十年代的酒厂办公楼房
是左权县城的地标
工人忙碌的厂房
上空弥漫着酒香

那伙着一个水龙头的家属院儿
多少故事心驰神往
麻包里的小酒瓶儿
对着小口吮吸啧啧的醇香

自从市场有了勾兑酒
左权酒厂没了市场
工人们失去了方向
纷纷走向了不属于自己的市场

那蓝色大盖儿的大曲
成了最后的醇香
货真价实的纯粮酒
退出了市场

从此，酒不再真，在贵
后来，酒厂变成了醋厂
再后来，醋厂变成了商品楼房
有多少人还能想起
曾经的左权酒厂

## 桐峪圪廊

心灵深处总能到达的地方
便是这条直来直去的巷子
老家人称它为"圪廊"
笔直地连着东西两向

住在这里的人
性子也如同这直来直去的圪廊
没有那胡同里的弯弯绕
站在圪廊的中间望向两边

看到了背着书包嬉闹逐跑的童年
看到了一溜哧溜吃面,咯咯笑语的饭场
看到了弯腰划拉扫帚的爷爷
看到了悲欢离合,婚丧嫁娶

如今这圪廊日趋空荡
青砖房都变成了红砖房
却再也难现昔日的风光

唯有拄着拐杖的几位老者
和风在这里游荡

## 梧桐树

在桐峪村街巷
生长着梧桐树
据说，桐峪因梧桐而得名
梧桐因凤凰名贵

且不说，先有的梧桐树
还是先有的桐峪人
我们的童年离不开梧桐树
爬树，捉梧桐树上面的知了猴子

趴在梧桐树下的石板上做作业
也曾玩累了，躺在树杈熟睡
梧桐树下是大人们吃饭的饭场
大大的叶片遮阳避雨

后来，桐峪人外出谋生计的多了
大的梧桐树也少了

## 在雾中

不得不说
瓦岗窑是个神奇的地方
风袭来时
让你感受人间俗世的沧桑
雾笼罩下
让你感受天道苍穹之奥妙

远处的谷包山
变成了蒸锅里的馒头
热气腾腾
行者变成了雾都孤儿
仙山道童

雾掩盖了人间
几许离愁别绪
雾遮住了眼眸
心却敞亮了许多
雾中行,雾中悟

筝语笛鸣
念天地之悠悠
独怆然而涕下

# 夜市

独自行走在小县城赶会的夜市
擦肩而过的人大都和我一样
本着来这里寻找些热闹吧
夜市相比白天的熙攘很是冷清

小吃摊上三五扎堆
练摊的人凑在一起喝酒
就着简单的菜品
与其说是在饮酒
不如说是在饮尽内心的惆怅

生活哪来那么多的风花雪月
走出这细长的窄巷
仰望见那夜空温婉的月亮

## 空房子

素净的一串老院子
年迈的父亲，独守空房
独享属于这里的春夏秋冬

为我活着的你
为你活着的我
相互依存，缺一不可

母亲的早离人间，撇下
父亲独守这余生的寂寞
爸说，这房子好住着呢，不空

## 母亲节

妈妈在世的时候
我和妈妈，都不知道有这个节日
2022年的母亲节
我在瓦岗窑村防疫执勤
小雨，浓雾

路过的村民说
这个地方，有雾升起的时候
就没有风
有风刮过的时候
就没有雾
这里的风与雾
多像阴阳两隔的母与子

我久久立在雾中
享受这湿润的怀抱
仿佛儿时在大铁盆里洗完澡
妈妈用毛巾裹抱我
一时，我怕属于这儿的风赶来
夺走这母亲般的怀抱

又想，若风吹过
正好给天堂的母亲捎句话
妈妈，母亲节快乐!

## 教师节的礼物

早晨送孩子到学校门口
许多同学在购买塑料小花
孩子抬头问我
送老师什么礼物好呢

我说
咱们送老师一朵"笑靥如花"
孩子随即伸手要钱想买
我说"笑靥如花"哪里能买得到

你做个让老师省心的好学生
老师就会笑靥如花

## 岳父的擦脸巾

我用半盆水
洗净了自己的脸
却用两盆水
才洗干净岳父的擦脸巾
那洗下来的,是两盆汗水

一盆,是庄稼汗
另一盆,是走工汗

## 陪伴父亲的鸟

从我为了孩子读书,搬离家中的那一天起
便给父亲买了一对文鸟,一白一灰
没多久先后死去

紧着补上一对绿黄虎皮鹦鹉
一公一母甚是欢喜
羽翼随着日子,不断丰盈
父亲也逐渐习惯这对伴侣

去年正月,我好奇地将鸟笼打开
虎皮跃跃欲试后,一一飞走
再未飞回

老爸说,这下可好
它们回家了

# 三叔走了

爷爷吼他老三
奶奶呼他三小
在这个柳绿花红的初夏四月
睡着就再未醒来

村里的人都来看这个光棍汉
都来为他送行
焕文叔说
老三没生在好时候
却死在了好时节

我突然在想
人生本就一出闹剧吧
在自己的哭闹声中来
在众人的哭笑声中去

三叔走得不声不响
唤醒了我的悲悯情怀
他走在六一儿童节前夕
他依旧是那个奶奶怀中的孩子

终未长大

凝视陪他入葬遗照的那双眼睛
我似乎读懂了他

## 你的泪雨

阴天给了你阴天的情绪
想起了曾经岁月
有深爱、有委屈、有割舍
有无奈、有孤楚、有艰辛……

你在等雨
等雨滂沱地下
你好不被发现的
站在雨中肆意地哭泣

眼泪是你伴雨倾诉的洗礼
可你还是哭在了雨的前面
等雨随泪而至
你逆着雷电风雨

嘶吼着冲进噼啪作响的雨里
大雨在你全身开花
你终在雨中怒放了自己
湿衣紧裹你美丽的胴体

抚慰你心痛的
只有这冰冷的雨
雨是老天奔流的泪
泪是你心揉碎的雨

## 爹娘是天地

爹是苍天,娘是大地
有爹有娘有天地
爹娘养育了我们,陪伴我们一路成长

儿时
爹看着,娘瞅着
爹高高举起,娘紧紧抱着
爹用胡子茬扎着,娘挨着脸颊亲吻着

长大的路上,淘着爹,气着娘
当有一天,我们有了自己的孩子
当有一天,我们也变成了天,变成了地

才发现
爹老了,娘也走不动了
是岁月,更是我们
压弯了爹的腰身,压驼了娘的后背

我们各自奔忙于自己的天地
感觉不再需要爹娘的天地

回家少了
每次和爹娘的相聚都那么短暂

每次的挥别引出爹娘多少难掩的老泪
老泪纵横流淌在满是皱纹的脸上

直到有一天
爹走了，娘去了
刹那间
我们的老天崩塌了，大地沉陷了

太多的来不及
原来尘世间还有不等人的事
那就是尽孝
给予父母双亲人生尽头的关爱

从此我们顶起爹的苍天，我们立起娘的大地
就这样，黄天厚土，代代传承！

## 在心头

幼时，我在妈妈怀里
爸爸在自己被窝里
小时候，我在村子里
爸爸在县城里
年少锦时，我在校园
爸爸在工厂里
初中时，我还在校园
爸爸下岗卖饼在街头
大学时，我还在校园
爸爸照顾病母在医院

成家时，我在初婚的幸福里头
爸爸在怀念亡妻的空房里头
当我为人父后，我忙碌在工作里
爸爸转悠在厨房里
如今一人独处时
爸爸在屋那头，我在屋这头
相对无言时，父子相望
彼此在心头

## 宝贝已成过去式

记得小时候
妈妈就是神一般的存在
是会与天地永生的
从没想过，有一天妈妈会离开自己

妈妈的怀抱是蜜罐子
路过青春的时候
不耐烦妈妈的叮咛
咒骂她的唠叨

小妹病死那年
妈妈说，算命的说过
我是她的克星
她陪我超不过二十年

我不止一次冥思苦想
母亲这难逃的宿命
也许就像她说的
我是她的心肝宝贝

在这世上,你妈和你最亲
将你捧在手心,怕没了
含在嘴里怕化了
二姨,和我说

## 致我现在的宝贝

如果你是一匹小马
我会带你寻找草原,任你驰骋
如果你是一只小鸟
我会带你寻找蓝天,任你翱翔
如果你是一只风筝
我会收放自如,任你飘摇
如果你是一叶孤舟
我会给你插上帆布,任你追波逐浪
如果你是……
我会……
因为你是郝家儿郎

## 傻闺女逃婚

下洼村家家户户的土炕煤灰
再也没人起早上门给掏弄了
傻闺女的傻娘走了
傻爹因为在县城小卖铺偷东西
被抓住打了个半死

三个月后，傻爹也走了
傻闺女的大娘给许了门亲事
对方是个下煤窑烧伤脸的
比傻闺女大十六岁
要知道傻闺女才十五岁

这门亲事若能办成
傻闺女的大娘能得三万元彩礼
就在办喜事的前一天
傻闺女逃婚不见了
后来再没有过她的音讯

村里有人说，傻闺女和她娘不一样
傻闺女不傻，她只是没上过学
也有人说，傻娘是被打傻的
傻闺女和钻井队的山东小伙私奔的

## 思念只能怀念

小时候总问你,人会不会死
你笑答,会的,人终会有一天死去
于是我又问,那妈妈死了我怎么办
你又笑答,等妈妈死去时
我儿就成人长大了

母子不舍地紧紧地抱在一起
若能时光如童话故事般停滞多好
有人说,哭是孩子对妈妈的诉说
流淌的眼泪是那么的客观
我问妈妈,如果有一天我找不着你怎么办
你轻抚我额头,又笑答
傻孩子,想娘的时候一哭娘就找着了
后来,娘真的死了,
孩子怎么哭也……
儿泪连着娘心
阴阳两隔,彼此眷顾

## 童言无忌

一大早
孩子醒来第一件事
就是和我报喜
嘴角得意地炫耀了一番

爸爸,爸爸
没想到吧!你没拿上钥匙
我先拿上了
六月份我负责开教室门

然后,给我讲了一番道理
你看看你们大人,谎话连篇
说了多少个三十号
就是不给你们楼房钥匙

## 掰手腕

小时候
我和爸爸比赛掰手腕
赢的总是我

为人父后
儿子和我掰手腕
输的总是我

而今体会
父亲给予儿子的力大无穷
是爱的鼓励

## 嘟嘟的安逸

撅着肉屁股蛋儿
懒散地坐在爸爸双臂挽就的坐骑
任由爸爸扭来扭去

享受地吮吸着手指望着窗外的车水马龙
口水浸湿了爸爸的肩衣
嘴里咿咿呀呀的口语

此时此刻
世界如此安逸

## 气不打一处来

有天因为一些生活琐事
我和太太吵了几句
小儿子递过来两只气球
塞到我俩手心里

开口道
你们是不是生气了
快把你们生的气
吹到我的气球里吧

这样的话
生气大王就困到我的气球里
就再也出不来啦
爸爸和妈妈就再也不会生气啦

## 爱之深

有一件事情给张欣的童年
造成了挥之不去的阴影
就是打小,在妈妈的逼迫下学习古筝
因为弹奏不好,没少被自己母亲弹揍

她怀恨负重学到了十级
以至于成年后从不弹起
和谈起关于古筝的任何
直到有一天,妈妈去世

后来的日子里
张欣重拾那个曾经看见就烦的古筝
每每闭眼弹奏"天之大"
母亲的样子总能浮现在脑海
化作回忆里的热泪
涌出眼眶

## 放风筝

时光过得好快,真是经不起岁月的扯拽
记得十岁那年在桐峪沙滩放风筝
线好长,朝着东隰口外婆家的方向飞去
心想,姥姥要在院里洗衣服
定能看到我放的风筝

时光像极了吹着风筝的风
嗖……嗖……的快呀
转眼间,我都和孩子一起放风筝了
宝说,这风筝就像你拽着我一样
生活不能没有风的吹拂

## 青春啊青春

初夏的夜雨淅淅沥沥在下
田野的青草甜蜜地吮吸着
这么好的季节多像人生的青春年华
那如歌如诗的芳华

青春啊
你是无知且短暂的花季雨季
你是运动场上的挥汗如雨
你是没有发出去的情书里的甜言蜜语
你是和父母吵架后的发誓叛逆
你是不觉走过青春后的畅想别离
你是那些与爱情擦肩而过的同桌的你

青春啊
弹起吉他想起你
那青涩的傻傻的校园岁月

青春啊
你是成长的焦灼的夏季
成熟后的秋季已不再长大

青春啊

我未曾好好品尝你的味道

已将你匆匆咽下

青春啊

酒再陶醉

还是怀念你这杯酸涩清纯的碳酸果汁

## 当一个人失去自由

离故乡遥远了
看到的太阳却变大了
这里是平原,不像
有大山的地方,太阳是渺小的

生活的无奈在于
因为一个人
让一群人失去自由
且都素昧平生

我在梦里天旋地转
地球自转加速
睁眼看到好大一轮寒月
抱着被子,背靠白墙

我看到他在擦洗
不停地擦洗
身子、地板、桌子、脑子
时间在惩罚一个贪婪的人

## 南下

我从故乡的冬天出发
一路南行,去到一个陌生的地方
没曾想,异乡的秋天如此熟络

透过车窗,第一次看到平原的夕阳
如此性感、大胆、奔放
滑过窗外的枝影
似化作落阳姑娘的透视装

乍一想,我像极老家的落阳
躲在大山背后
自闭昏沉,日复一日

再次穿上秋装
我随心情一起
从家乡的早晚温差中,走了出来
不再那么冷热无常

## 那棵沙棘树

初冬的大山
寂寥无比
乘坐着皮卡车
伴着四驱的力量驶过崎岖

突看到一座古老石桥
这都不算什么
我被石桥那头的沙棘树吸引去
这株沙棘有笔挺的树桩

伫立在那桥头
多像一位谦谦君子在等待伊人红装
他没有像山坡上的沙棘攀附成灌
而是选择与清溪石桥为伴

我又在联想
许是佳人思君，泪流成溪
桥边栽下相思树
多年后

君子成树
树成君子

# 年

有说年兽又称"夕"
每年的最后一天
古人燃放爆竹、贴春联、驱除年兽
故曰"除夕"

我更取向于"年寿"
天增岁月人增寿
传统与科技总有冲突
现代文明除却了年的神秘感

我们用形式主义替代仪式感
老多节日都缺少了味道
我们的节日有一个共同点
就是逢节必吃

三十年前的春晚
村里邻居都在我家蹭电视
大家围坐在火炉旁
嗑瓜子、吃花生、剥糖衣

十岁的那个年
吃到了人生的第一盘糖醋鲤鱼
那以前只在食品站看过杀猪
爸爸从鱼肚里掏出一对小气球

我抱怨妈妈生我的时候
没给我肚子里装上气球
爷爷啧啧地嘬着鱼刺
爷爷养的小狗咬着鱼骨头

大人们喝着左权大曲
小孩喝汽水
和爸爸玩扑克
在我的整蛊下，他从未赢
吃、喝、玩、乐

日子就像菜刀下的葱姜蒜
时光匆匆，生活将就
面对无奈，一句"算了吧"！

年也许只属于童年
只属于原始落后的村庄
我们不再年轻，年味已成回味

## 正月十三

下班回家路上
额头被雨滴打湿
紧着,这雨变作冰晶
接着,又成雪片儿
正月十三的雨
老得真快

先回旧家,老爸独居
十五的灯笼已挂好
从裤兜摸出,儿子换掉的上门牙
按照习俗,扔进院儿里下水道

老爸张嘴冲我笑的时候
我发现他也少了一颗上门牙
爸老了,就像这正月十三的雨
老得真快

但缺牙的老爸张嘴笑
和我缺牙的儿子张嘴笑
一样可爱

我问老爸装假牙没
他回答，都装上三个月了
我竟然才发现

他拿颗假牙和我告状
花五百元装的假牙
咬啥都不给力
我安慰他
这家伙要能当真牙使唤
就不叫假牙了

最近的换届提拔
几个朋友即将上任局长
见面后该如何称呼
还能继续像朋友一样相处吗
老爸冲我笑着说
等你们退休后
还是好朋友

儿子打来电话，催我回家
我起身，同老爸说再见
老爸说，明天元宵节
我不用回来和他过
我说今天是正月十三

老爸翻了翻日历
说自己多翻了一页

我笑了笑
但转身就眼眶湿润了
老爸像个想买新玩具的孩子
口是心非

回到租住的地方
晚饭是涮锅子
老婆问我，不知道今年能不能住进新房
攒的装修钱都花去大半了
是呀，第五个年头了

我想，曹老板老得慢
开发的楼盘，建得更慢

## 下雪了

站在村头的老娘
顶着西风,迎着雪花
雪片盖满了老娘的白发

雪在下,雪在下,漫天飞洒
老娘的热泪把雪融化
下吧!下吧!

老天爷再下几场
春节将近的时候
就能见到在外打工的愣娃

## 父爱如山

公交车上
一位阿尔兹海默症爷爷
突然伸手去抢
一位小女孩手中的鱼丸
女孩瞬间吓哭
女孩妈妈指责老人

老人身后的儿子
赶忙上前向母女二人道歉
另一边老人却又闹着下车
儿子转向父亲
冲自己父亲大吼
你能不能别再给我添乱了

这时老父亲焦急地说
我儿子最喜欢吃那个鱼丸了
我得赶紧下车给他买回去
迟了就没了

他忘记了一切
却，从未忘记爱你

## 把根留住

这个地方
年轻人不想回来
老者们不愿离去

一个是死活不想留下
一个是死也要死在这里

一个是给钱就搬
一个是要命才搬

一个是无处安放的灵魂
一个是无处安放的身体

故土难离呀
老者说
能不能再等几年
我死了再拆
我什么补偿都不要

## 一切都是天意

一座崭新的桥
还未剪彩投入使用
就被洪水冲走了
路人议论,修桥老板的运气真好

本就担心质量验收通不过
可能老天也看不下去
干脆冲毁,重修吧
汛期后重新开工

修桥老板保证
新建一座良心桥、放心桥
三个月后,新桥剪彩通车
桥头树立警示牌、限高杆

上书
危桥,货车请绕行

## 水滴石穿

李老汉独自躺在东屋
仰面朝天看着深邃的黑
耳畔是雨打窗棂的声音
村子里没几个老人了

还是制造点动静吧
李老汉穿上四季不褪的棉衣
把铁桶瓦罐之类的东西放到檐棚下
雨夜协奏曲开奏

咚、哞、啹……
半小时后的声音清脆悦耳
叮咚、嘀嗒……
李老汉青蛙般呼噜入睡了

雨夜雨不休

## 异乡的冬夜

站在这冬夜的冷风里
看着街店橱窗里的烤鸭
我想起了卖火柴的小女孩
冬天里的童话最冻人

熟悉的街道
熟悉的建筑
陌生的人流
只是瞧不见老家的辽山市场

我站到公交站台
目送异乡等车人乘坐
各路公交,离开
不知道等车人里面有没有
同我一样的异乡人

再看那片行色匆匆的人群
多像草原上的羊群
人类缔造柏油马路
拒绝草食动物的同时

肉食动物便也不会出现
只有我们人类
食草食肉，无所不能
看似热闹一片的群居寂寞

## 侄女远嫁

我对姻缘二字的解读是
女子因为缘分出嫁,成就姻缘
经过婚的形式,繁衍生息
尔后撑起家的半边天

我对缘分的理解是
女子因为那份缘
同父母兄姊分别
女子离开自己的家
走进夫家,谓之出嫁

嫁又同驾
古时骑马坐轿
而今交通工具繁多
相夫教子,贤淑良德
孝敬老人,勤俭持家
谓之驾驭

最为珍贵的缘分
定是这一线牵的千里姻缘

远离家长故土,走进新的世界
这是女子为爱下的决心
君须努力,莫负佳人心
愿彼此惜携,相爱续写余生!

## 小院儿

寻一静隅,暂别尘桑
养花捋草,果蔬芬芳
搭架结荚,墙吊瓜郎
枝鸟叽喳,莲盆鱼畅

放下没有答案的匆忙
远离没有对错的吵嚷
捧一喜卷,斟壶茶香
把俗己流放到院门之外

那五天全靠演技
这两日寻回真我
高楼也有人,来自农村饭场

何必冒充摩登女郎
该紧张时,我们彷徨
该放松时,我们呆望

冷水拂面,单车流浪
小院生活才是该有的模样

## 叶落归根

生长在桐峪西街的老槐
是整个村子的根
有说是最先来到这里的人
栽下的

老槐是这方村民的根
出生的时候
在老槐下放炮
离世的时候
还在老槐下放炮

老槐见证了多少
婚丧嫁娶，悲欢离合
老槐经历了多少
雨雪风霜，闪电雷鸣

老槐庇荫着村民
不论身在他乡多远
最终都要化作老槐的一片落叶
回村、归根

辑三

## 活着的方向

两年前的冬日午后
我将鸟笼打开
看鸟是否要飞走
显然在安逸和自由之间
它飞走了

抑或是因为好奇
就像儿时剪短鸽子的翅膀
养了一年
等羽翼丰盈
它还是选择飞走

尽管在酒厂楼顶停留
现在想来那不是留恋和感恩
当我放飞虎皮鹦鹉
查阅相关资料的时候
才发现它很可能饿死

就在前天下午
从田野散步
一只虎皮鹦鹉从我头顶掠过

## 健康第一


如果你不爱惜你的身体
你的身体就会和你劈腿，去找病
如果你总是患得患失，你的思想和精神就会患病
从你不爱惜，不忠于自己身体的那刻起
你的身体也开始背叛你，憎恶你
在忍无可忍下，身体出轨与病携手成为你的敌人
从此，你最大的敌人就是你的身体

你的身体被不断损害的功能
会认为你不需要他的存在
被不需要的时间长了
某项功能就会和你说分手
到那时，你只能寻求药物的帮助和安抚了
病痛告诉你，你必须懂得爱自己

## 走在雨中

淋着春雨,走着夜路
我和雨水融为了一体
灯光下的柳枝绿了
似乎感觉这雨下得太过安逸

我加紧脚步奔跑了起来
总想经受一下风雨的洗礼
任由双脚重重地踩出雨花
任由雨水冲洗大脑的木讷

雨水、汗水、泪水混为一体
撒欢的打两个滚,踢几脚球
哈哈!都不想回家了
享受这大自然的夜雨

## 等待春天的枯叶

公园里，许多树的叶子
都在秋天飘零了
唯独这种树，叶挂枝头而不落
随手摘片枯叶发现
叶子顶端，结有黑色种子一枚
哦，原来叶子是为了陪伴它过冬
等待春来，播种希望

## 晨练

我喜欢夏天里的芸山公园
凉快里透着空气清新
赶上雾天,好似登上了天宫
跳舞的,打太极的,跳小花戏的
在山亭大声吼叫的,在凉亭唱戏的

我还是喜欢,听大自然的声音
各种鸟叫声和虫鸣声
喜欢听偶遇的徐彦刚给我讲述他的
人生经历和生病后的感悟

后来,彦刚哥走了
晨练再也听不到他的声音
但阳光升起的时候
总能想起他那张笑脸

## 树的伟大

在炎热的夏季

树穿上繁茂厚实的绿衣服

为自然生命遮阳避雨

在寒冷的冬季

树脱光衣服为自然生命漏出阳光

逝去后的树

将自己燃烧放热温暖大家

## 植树节

南方为什么令人神往
因为有四季的竹绿
北方为什么令人粗犷
因为有肃杀的严冬和裸露的黄土层

正是因为有了四季的分明
才更显出花红柳绿的鬼斧神工
细数那些年我们亲手栽下的树
还有多少茁壮成长

前人栽树后人乘凉
种下的树苗更像是人类的孩子
需要你我爱心呵护
三月十二日，洒下爱，根植绿色的希望！

## 冬至

撕裂了浓妆艳抹
裸露寒冷的素颜
苍老的容颜，只剩黑白两色
雪丝飘零，眼窝暗黑
冬的肃杀，带来了冷漠苍凉

唯有等待，四季的轮回
冬已至，春还远吗
为何你不愿等待
选择凋零

## 享受平凡

有时候,我们可能还没有
柏油公路上,两条闲逛的狗
活的自由,且和它们差不多
不知道明天和意外,哪个先来

也许,我们所厌恶的平庸
正是大多数人渴盼而不可即的梦吧

## 威海之夜

喝着清酒,就着海风
一直饮到日入月出
那浪就像海的孩子
一浪推着一浪
像极了十七岁的叛逆
老想挣脱唠叨逃向远方

愿下辈子一定生在海边
留一头长发
由着海风吹起吹落,拍打脸庞
忧伤、牵挂还是快乐
皆可倾诉于不留痕迹的沙滩海浪

我看着海面上的月亮
噗的笑了
我就是这海的浪、月亮、太阳
静夜思潮涨,睡时子夜,醒来三点

## 秋天是个好焊工

这是个沉睡的夏季
下着秋天的雨
却不曾惊起夏天的雷
整个夏季只做了一件事
那就是替供暖公司供热
挥汗如雨呀

零点一过
立秋啦
闪电霹雳雷声震天
秋天做了夏天未完成的课题
自己拿起焊钳砸响铁锤
将夏天欢送

## 向阳花

眯缝着眼,夺目那冬日的暖阳
我成了向阳花,静静地伫立
在原地,不偏不倚

闭上双眼,眼皮子里满是红彤彤
好似看到高粱地里的九儿
躺在秸秆地里
酣睡吧,趁着暖阳

## 秋风里的裙摆

当秋回大地,夏已离去
望着秋风肆意卷起你的裙摆
我却不愿望穿那一汪清水
怀念那清新的夏雨
打湿心殇的初尘
不再有纷乱的思绪
原来你也在这里
无情的雨,无情的你

## 我从不躲雨

太阳好像回去收秋了
一连好几天都阴沉沉的
秋天没雨哪能行
老天爷憋得难受
我也憋得难受

行人和我的目的不同
他们只是路过雨
做雨的过客
而我不同,我在找雨
我要做雨的来者

雨终究还是憋不住了
我迫不及待地上街迎接
路人在躲雨
我在躲路人惊诧的目光
碰见几个熟人
都问我:你不怕雨淋?
我笑答:我不怕湿身

## 春雷

炎夏的中午
我到小城的钉鞋摊儿
配一把防盗门钥匙
熟识的老师傅,告我去找春雷配匙

在北大街西
找到了这家店铺
男主人说,整座小城只他会配这种钥匙
条件是,二十元钱

他捣鼓了十分钟
我付了钱拿钥匙离开
到家试了试打不开
返回去找他,他又捣鼓了十分钟

我拿钥匙离开
这一次,钥匙插进去
都很难拔出来
他打电话说,还可以捣鼓

我说不用了
确实如他所说
整个小城也只有他
能配这种防盗门钥匙

## 何必紧张

若想身体自由
心灵自在
那就偶尔迟到早退
多亲近大自然
远离人间是非
我们就变回了神

## 满月

你是我心中的月亮,美丽的姑娘
你是我霓虹的衣裳,披上你随风畅想
你是母亲的手掌,抚慰我心中的忧伤
你是青衣的粉妆,吸引我焦灼的目光
你是孩子的泪眼,释放乏累的惆怅

我爱你,我的月光
散发在夜幕下的柔光
照亮我歇斯底里的梦想

## 一场秋雨

下雨了，为什么要打伞
下雨了为什么，要打伞
同样的一句话
念者不同，觉者不同
答案也就不同

秋天是一个怀旧的季节
怀旧的天气，下着怀旧的雨
天真的童话
诞生在成熟的秋天

你可以坐在家里
翻看旧时的照片
也可走在旧时的巷子里
去幻听幻觉

一切照旧，一切如故
重温往事，顿感岁月如风

## 她还是不够累

每天她都在喊累
躺在床上看手机很累
上班工作很累
教育孩子很累

唯独有一件事乐此不疲
那就是数落,不停地数落
一日三餐的数落
晚睡早起的数落

她到底累不累
我着实不知道
反正,我是真累了

## 美好的等待

回家路上,突然下起了小雨
想到妻子今晚夜班
孩子们在姥姥家
索性坐在车里,安静地待着
在空旷中排遣孤独

如若这雨下个不停
我就到单位门口接你
如若这雨下着停了
我就从家门口等你
在等雨,也在等你

## 下雪的夜

也许是真的,白天不懂夜的黑
才有了这,随风潜入夜的雪
用雪的白,去妆点冷夜的黑

仰望雪落下的样子
好像流星雨滑落
经过我的脸颊,变成了两行泪

唯美却又忧伤
想起了病榻上的母亲
如这雪,一夜白头

## 雨后清晨

连阴几日后的乌云
此刻将东山紧紧搂抱
慵懒地坠入梦乡
许是乌云对世外的眷恋
要不它咋不在人间歇脚
即使下雨,乌云也总是待在天空
遥望着大地凡间

乌云退场
天空睁开了蓝眼睛
清高的白云
像拂袖的仙子
婀娜歌舞

风铃花纷纷垂首
观察路人的脚步
多数人为修身而走
少数人为养心而踱
也有人随心随性无我
就好比这东流的清漳河
顺应自然而前行

## 乌云礼赞

我爱上乌云
是从雨过天晴开始
乌云静静地卧在远处山岗
它累了，倦了，睡了

完成降雨任务后的乌云
就像坐在公交车上的民工
自己悄悄地躲在角落
生怕招来嫌弃的目光

我爱乌云的自知之明
人们总把乌云和狂风放一起
蓝天和白云放一起
可白云充其量是一道风景

闪电和雷鸣让乌云阵痛
它带给人间甘霖
却从未要求人类赞美
乌云扮演着自然界的黑脸

## 一只老苍蝇

敞开窗户让风吹进来
感受春日的气息
紧着飞来一只老苍蝇
嗡嗡作响，能用翅膀讲话
是我欣赏苍蝇的地方
他的嗡鸣沉稳
他是为数不多活过冬天的
胜利者

语罢，他停在了窗棂上
透过玻璃，望着屋外开始不久的
春天
感叹自己时日不多的生命

他又飞了出去
他要在春天
结束自己的生命之前
缔造下一个胜利者

## 春天里的送别

在夕阳的追随下
去往一个桃花盛开的院落
拜别一位病故在春天里的老者
师友、诗友的父亲

素净的小院
没有院门,没有院墙
就像敞开的胸怀
伟岸的担当

脚下的硬黄土
多少个春天里
被人翻松播种
夏秋瓜棚菜畦虫鸣

那树替代院门的桃花
迎来春风,熬走盛夏
深秋结实,冬抚雪花
桃树外的小路通着诗和远方

告别沉重离开的路上
吹鼓手吼唱了起来
走西口的眼泪
流不尽祖辈的柔情

大黄风吹来流浪的沙蓬
吹断了归途
吹不断大榆树的根
回荡，苍凉，埋葬

弥留在女儿的怀枕
诀别在儿子的院落
终将化作泥土
呵护来自春天的希望

## 立冬的雪

如果不是一场大雪
我觉得秋天还很长
还有许多叶子是绿的
这个秋天没有兑现,女大十八变

我没有看到秋的唯美
雪后,我翻看日历
才知是立冬,雪来得真是时候
雪来得正是时候
将多少树叶冻在树枝上
眼瞅着树根落不下来

雪是严酷的,雪又是带着怜悯的
许是想树叶在枝上多待几天
许是给未变黄的树叶
来一个成熟的改变
举办一个成人礼

雪后的几日
英年早逝的树叶

未老先衰的树叶
在环卫工的扫帚下
轮回大地

## 晚熟

这串绿葡萄
和其他姐弟一样
历经春夏

入秋后
姐弟们成熟得发紫
唯独他还生绿

在葡萄架下
度过了中秋节
赏了秋月,见了冬雪

## 放生欢欢

在放归猪獾的路上
大家提议给它取个名字
老孙说就叫"欢欢"吧
重回大自然,重获自由身
何其欢乐

圈养欢欢的主人
是一名动物爱好者
一次马路运输
救助了失群的欢欢
给了欢欢一个笼子的家

不论你多么爱它
你都不能囚禁它
因为它是野生动物
你若真爱它
就别将它当作玩物

在我们的动员下
欢欢的主人同意放归

在放归的灌木丛外
欢欢嗅了每个人的脚
连连点头鞠躬

在场者连连感叹
动物真有灵性
欢欢蹭别曾救助自己的主人
舔吻主人的下巴
主人也一脸的难舍

最终,欢欢和主人分跑两方
我打趣,獾珠格格找尔康去了
欢欢主人找老婆去了
我忽想,这要是人被圈养,岂不气恨
也许,獾知道人是好心

## 我自安然

饮一杯灼心的烈酒
守着夜的黑
满天的星闭上了眼睛
不再一眨一眨
就连月牙儿也不见了
定是躺在太阳怀里睡熟了
我独黑,我自黑

## 虚惊一场

教室里没有监考老师
有的考生翻书,有的看手机
我却只有笔和试卷
瞅着陌生的题,心里直犯嘀咕
拿着卷纸找别人抄答案
却又没人愿意帮忙
我急成热锅里的蚂蚁

老师说,五分钟后交卷
完了完了,这可咋办
题没做完,如何交卷
好清脆的下课铃声
和我的闹钟声响一模一样
揉一揉惺忪的睡眼
原来是,虚惊一场

## 抽烟的女士

在理发店里遇见一位
抽烟的女士
她的抽姿,是我见过最美
最放松、最享受的
抽出了,饭后一支烟
赛过活神仙的感觉

## 二本 A 的喜悦

单亲家庭长大的姑娘
超常发挥，考上了二本 A 类大学
在外打工的父亲
激动地请老师吃饭

干完了白酒
干完了啤酒
干完了面疙瘩汤

## 傻福

仙人坪有个痴傻村妇
名叫张子俊
三年前去省人民医院
查出了宫颈癌晚期
被宣判还能活不到半年的时光
索性村妇回村等死

平日里也不吃药
唯独喜好呢喃自语
嘟嘟囔囔像念经
村里人一直觉得
傻村妇活不了多久
没承想能吃能喝能睡
乐乐呵呵
她哪里知道癌症要人命呀

## 解药

每次发现忘带药
总要惊出一身冷汗
已经不是病离不开药
是我整个人都离不开
不吃药,难受
吃药,也没有彻消病根
我中了武侠小说里的毒
需要解药

## 三十六小时的梦

周六的早七点
我们追着朝阳
乘着大巴去找寻，诗和远方

走过乡村，走过鱼塘，走过绿野
走过农业革命的圣地，大寨
走进诗的课堂
聆听诗里的故事
神游李白的过往

在返乡的路上
夕阳到了我们的后方
好像永贵叔挥着送别的手掌
暂别昔阳

途经和顺高速
夕阳出现在了大巴的右舷窗
众人惊呼好美的落阳
看到的河溪，流向远方
宝塔屹立在天际霞光

大巴钻进了高速隧道
我们进入了时光隧道
周日晚七点
我们又回到梦开始的地方

## 如梦不醒多好

这梦,如若不醒
你还是你
朦胧的那个你

我还是我
无比清楚的那个我

这梦,如若不醒
我便一直在美好之中
即便有痛楚
也是心甘的痛楚

## 当天入睡当天醒

子夜深深
却熬着不睡
纵使眼皮打架
想啥,梦中人
却又不肯闭眼找她
怕啥,只怕睡醒便是无梦白天
熬夜成了夜生活
凌晨入睡,早晨起床

## 和蚊子做游戏

盗亦有道
卧室里的蚊子,不同于街灯下的蚊子
许是怕我忍受针扎的痛
总要待我沉睡后,才来深情吻我
先在耳畔嗡嗡作响
确定主人不被打搅,才寻找作案目标

抓挠痒包醒来的我
绝不开灯和蚊子玩捉迷藏的游戏
即便蚊子真是因为寂寥得要命
想我在寂寥的后半夜痒醒拍死它
我也要等到黎明后再寻
让它饮我酒后的血,也做回醉鬼

## 不眠的忧伤

我常彻夜难眠
暗自忧伤
彷徨
似乎对这寂寥的深夜
上了瘾

许是白日太过嘈杂
独自享受这夜的安详与阴凉
又似乎是因为
漆黑的夜能想清楚许多人和事
感恩生命中的贵人

总能忘记对别人的好
幸会啊

## 静夜思绪

打开卧室的窗
迎接夏夜的晚风和月亮
天上空无一人
天下满是希望

喜欢和感兴趣有何无恙
那就坚持最初的向往
繁星点点就是千万亿个梦想
走向灵魂深处想要到达的，地方

## 回笼觉的美

你属于朝阳,属于晨露
给予我甜美梦乡,赐予我精神力量
你好似蜻蜓点水后的泛泛涟漪
又像大雁南飞苍穹的惊鸿一瞥

你让我对美好人生无限遐想
叫我对往昔岁月流连忘返
回笼觉啊!回笼觉
你洗涤人类心灵,你创造新生力量
你和回锅肉一样扑鼻沉香

## 等咬

这是一只行事犹豫的蚊子
整晚在我耳边嗡嗡
却不叮咬
似乎在唤醒一个
本就应该失眠熬夜的人
抑或是无从下口

也许它本就是只懂礼貌的蚊子
可我等不及了
我要是会讲蚊语就好了
来吧！蚊姑娘
别磨叽了
一饮西风皱

## 倒倒睡

我感受到了
黑暗就像宇宙一样
环抱着我
这是一种母亲才能带给我的
安全感

我不再惧怕黑暗
不再惧怕寂寞彷徨
我开始习惯孤独
喜欢孤独
享受孤独

孤独且自在
生活其实很简单
白天起床上下班
晚上关灯睡大觉

## 成人礼

那天夜里

在委屈中躺下

在哭泣中入睡

在噩梦里自杀

在醒来后长大

辑四
◆

## 破晓之爱

在静悄悄的黎明
等待一次平凡的日出
此刻的世界
只属于我

接近天空顶端的地方
挂着一枚下弦月
昨夜值守夜空的星辰
换岗去了另一片夜空
一架飞机飞过
上面的乘客是否还在熟睡
一群接一群小鸟飞过

在漫长的等待中
破晓之爱只需数秒
太阳升起的那头
有故乡、有小院儿、有笑脸
有灵魂的安放

## 分水岭

三十五岁前,我是喧腾的
喜出风头,好凑热闹
三十五岁后,我静默了
戒酒戒色,不争不斗

别人喝酒我代驾
别人胡侃我恭听
习惯了盘腿钻进书里
寻觅曾经的少年

腿酸了,走出书房
逗逗小鸟,沾沾小鱼
才知自己的故事太 low

放得下才叫生活
索性让灵魂从肉体的躯壳中
跳出来,探湖光山色
观街角人生
感受平凡的世界里
忙碌操心的人们

夜是为了让白天歇息
给自己的耳朵按下静音键
让牙齿少露面

启动双腿，甩开臂膀
起居有常，饮食有节
不妄劳作，静思独悟
笑一笑十年少

翻过八伏岭
我看到水不再向东流
前方是陌生的落阳
后方是看不到的故乡

## 城南大树

第一次瞧见你
是在酒厂大院两间小屋的门窗
那时我才四岁
抱坐在妈妈的臂挽

上小学的时候
常和大院的伙伴爬楼顶
到了楼顶我还看你
你静静地站在山头

后来小城高楼林立
不太容易见到你
我就跑到外环路去看你
你依然矗立在那里

后来母亲去了远方
我总望着你发呆
感觉你就像一位母亲
守候在那里

认识你三十五年了
你依然挺拔繁茂
我决定要在这个春天去找你
看看你这位树朋友

## 登高洗心

秋末的太行山
远别苍翠，褪去浓妆
被阴沉的天空着色
呈现一片灰绿苍茫

登上峰顶
远望骨感的山峦
聆听时急时缓的季风
此刻真好
我忘却了恐高

## 放羊汉的眼泪

那是两行挂杯的陈年老酒
从土黄纵横的脸颊滑落
我心为之一震
都是为了生计
何况他并非一般放羊汉

他是一个纯粹的牧羊人
有些许错,无关大碍
我的心为他写下原谅二字
他是大山外的弱者
却是生活里的强者

四十三岁
你入赘到这个陌生的村落
你带着一群羊
妻子带着不属于你的男女两娃

五十七岁
一双儿女长大成人
孩儿俩的娘病瘫在床
你依旧像那根直翘的放羊铲棍
走在大山,不屈从于命运

## 殃及池鱼

大鱼和大鱼在一池
小鱼和小鱼在一池
小鱼们欢呼雀跃地跳
却跳不到爸爸妈妈的池子里

我见有位女士买了一条鲟鱼
捞鱼师傅却将鱼拎进了孵化室杀将去
杀鱼师傅说
这叫作杀鱼取卵

## 同频共鸣

在熙攘的夜市
大家休闲地吃着烧烤
喝着冰镇啤酒

叫卖豆浆的大爷误打误撞来到这里
苍凉的长吆喝一声
豆……浆…

那声音和冰镇啤酒一个温度
我买了一杯热豆浆
只因我和大爷一样孤独

## 夜之芳华

夜之花,是舞女
空旷了你,无声了雨

夜之花,是泪籁
灌醉了你,染黑了夜

夜之花,是耳麦
放空了心,听累了你

夜之花,是碗粥
填饱了你,糊了锅底

# 错位

大叔走进西餐厅
要了一份意面

向服务员提了一个问题
这面里咋没放豆角

又提出一个要求
能不能给拿双筷子
顺带来瓣蒜

## 层层递进

不知道是哪一天起
光明街的人行道边
安装了一个塑料井盖

又不知道是哪一天
人行道边的塑料井盖
破了个洞

不清楚过了多少日子
塑料井盖的破洞越来越大
掉进去的鞋也越来越多

白天掉进去的鞋少
晚上掉进去的鞋多
有散步的鞋,有赶路的鞋

又不知道过了多少日子
破天荒地掉下去一只市政局长的鞋
塑料井盖被换装成带防盗锁的铁井盖

市政局长安装井盖的事迹
很快被各媒体争相报送
市政局长散步不忘思考工作
排除人行道安全隐患，为民解忧办实事

## 只住几天的房子

小张和小静两口子
靠在外地打工赚钱攒的钱
在县城买了房子

过年的时候回来住几天
暑热的时候回来住几天

两个人的孩子老人带
两个人又都在不同的城市谋生

## 散光眼

我没戴眼镜
看见一只虫子
捉起来仔细一看
是颗紫色葡萄干

年轻人的老花眼

## 蓬勃朝气

好多人在用酒精寻找激情
用尼古丁抽走岁月
我反对用试毒的心理对待生命
欲望成瘾会反噬人类

顺应自然用沉睡迎接
明朝的重生，感受清醒
用早起感悟生命的气息
重见阳光

## 不简单的姑娘

你习惯将头发简单一束
黑皮圈紧紧缠绕
我说一年四季你都未曾开花
但长发像钟摆记录你的芳华

你的素颜像你纯净的微笑
纤尘未染
也许你不成熟
但很纯净

终有一天
我看见了你的歇斯底里
朵朵泪花在你脸上绽放
擦干脸庞
你爽朗依旧
优雅端庄

## 意料之外

芸山公园西的草地上
傻子老二常躺那晒太阳
他留着长发,挂着二饼
跷起二郎腿
右脚揣着泛黄球鞋晃来晃去
今儿,傻子没来
我躺那晒了半天

滨河公园北岸
有对情侣抱在一起
走近一看
是两女一男抱在一起
男孩子夹在中间
让我想起儿时的三明治
又像今春的气温无常

万寿东街的车走得忒慢
最后发现
是一男子骑着小黄车
在顶头处蛇行

这家伙
骑上小黄车
就成了流氓

## 一根头发

在锃光瓦亮的额头前端
生长着一根头发
异常坚定的黑
这是留给发际线的界碑

显然它没有参与到大脑的
思考与烦恼当中
也许从孩提时
这根头发就长出来了

这根头发
像极了大多数
没有被世俗化的人
它是幸运的
未被岁月退化

# 一省了之

为了省事
环卫工拿杆子
敲树

为了省事
老师用手机
收交作业

为了省事
A单位活动员工
给自己单位投票文明单位

为了省事
男青年选择躺平
女青年选择人工受孕

为了省事
我选择写诗

## 暖风机

不知是什么家伙发明的
这个,开启以后
让你置身于电磨坊中的
暖风机

暂居在瓦岗窑的冷屋
有一台暖风机
让我感到热闹
身体热,耳蜗闹

索性打开它
吹出满屋子热的时候
关机,在余温中入眠
让自己冷静冷静

## 伙伴的由来

两个孩子在争抢玩具
我的！我的！
就不给你，就不给你
等我玩够了再给你好不好

好
好的，你玩吧，我不要了
别走，陪我玩
我一个人没意思

## 欲速不达

这个人工智能的时代
速度缩短了时间
一切都在提前
提前再提前,闪婚、闪离
据说,地球的自转都在提速
有说一天已经不足 24 小时了

我们都在走下坡路
坐着刹车失灵的列车
哪还来得及把握生命的方向
吃着快餐、刷着快手
我为古人庆幸
天时地利人和

## 省悟

理发周期不超二十天
看着发际线不断向后处退去
感受着生命年轮的倒计时

岁月吞噬了多少烦恼丝
又带走了多少烦恼

每当看着被砍伐的树盘
我读懂树木年轮里的
生生灭灭

而人则不同
人非草木
却能决定草木的命运

## 定力

黑皮沙发上躺坐着"老油条"
跷动着二郎腿
散漫放肆地吐着滚滚烟圈
他总说忙
跟前的工作一推再推
面对来访者
他总那么一脸痞子笑
没事、怕啥、没问题、能办、再等等
他从不迟到早退

几十年如一日
他熬走了一拨又一拨来访群众
经手工作一事无成
但却练就了超乎寻常的定力
年轻的时候
他推说自己经验不足
年迈体衰了
他又推说要给年轻人锻炼的机会

就这样,他熬走了千篇一律的岁月
终于熬到了退休的年龄

## 返璞归真

朋友说他久被失眠困扰
寻访各地名医
中药、西药、中西结合
理疗、保健

还说常感抑郁焦虑
茶不思，饭不想
我替他寻得一块风水宝地
撂荒多年的杂草地

送他一把镢头
劳作几日
筋骨活络、恶汗淋漓
见馒头就啃

举瓢痛饮
粘床即睡

## 腌黄瓜

老同学打工归来
邀我到他家中小酌
黄昏前往
小院的小方桌整齐摆放四菜

土豆块儿炒五花肉
炸花生米
醋调豆腐干
腌黄瓜

前三个菜是同学炒的
腌黄瓜是他母亲夏天腌制的
我尝后细细品味
里边有母爱的味道

儿子在外谋生不易
夏天吃不上家中的嫩黄瓜
母亲用腌酱菜的办法将嫩黄瓜保留
虽咸但是保留了夏黄瓜的清脆爽口

戒掉白酒的我俩
就着母爱
喝下杯中属于夏天的青啤

## 老同学聚会

一次同学聚会
久未谋面,互致寒暄

初中时随地吐痰的他
成了环保局的科员

曾经灌醉自己,扒女老师衣服的他
做了保安队的队长

成绩名列前茅的他
送起了美团外卖

中途被班主任开除退学的他
成了房产集团老总

结婚最早的她
离异后,做起了单身贵妇

花季文静少语的她
到歌厅做了公主

上课偷看水浒的他，缺席
前段时间刚被枪决

酷爱太极的男老师
将大半生积蓄贡献给了套路理财

我暗恋的那个雨季少女
依旧不把我放在眼里

## 我们的"84"情怀

我们生于 1984 年
中学就读于 84 班
2000 年我们毕业了
是名副其实的跨世纪、跨千年新一代
感念我们一起走过的日子
谁让那是人生最最青涩的花季雨季

永难忘我们在一起朝夕相伴的三年时光
男生成长女生发育
吃货们可曾记得
一毛钱撸一串的方便面调料汤麻辣串
五毛钱两个的山东油饼
三毛钱一块的"鞋底辣片儿"

正值青春期的我们多么活泼
三年换了三任数学老师
换了两任班主任
我们就像花果山快乐的猴子
以至于校长大人亲自做我们的政治老师
给我们派来了"猴王"王老师做我们的班主任

我们是普通班,但我们不普通
拔河比赛我们争先
长跑运动我们争先
音乐美术我们争先

今天我们再次相聚
让我们举杯畅饮,共叙人生
再次唱响曾属于我们那时的流行歌曲
重拾往昔青春岁月
我们的青春永不散场

## 那一年的我们

青春期的日子里都是不羁
身在曹营心在汉
听不进去的话
看不进去的书

奋笔疾书,有去无回的情书
难免雷同,纯属虚构的作文
就这样在蹉跎中熬过
却再也不会回头

难忘你,难忘她
她是冬天的冰块儿
你是夏天的雪糕

## 回味

在师范的食堂吃午饭
我总打一份肉菜
因为肉菜和素菜同价
然后买两个馍
这样可以节省两毛钱

每次都是将饭盆放圆桌上
空手排队再去买白面馍
等将馍拿回来
饭盆里的肉菜就变成了肉汤
肉都被同桌的舍友吃掉了

他们得意地露出诡异的笑容
我只好掰开馍
蘸着肉汤吃
这样的吃饭场景
坚持了一年

我常想
也许他们在不怎么吃饱的状态下

将饭盆里的大米菜
在我面前倒掉
是不是在宣示什么

## 顺理成章

当岁月洗净铅华
当青春一去不返
当守望变成渴望
当围墙变得斑驳

风尘刻画出纵横皱纹
白发苍苍不再拘束
物是人非独自消磨
熟悉的世界里陌生的你

## 柑橘红了

平安夜的白天上午
我走进怡园阳光超市
门廊边的果篓子里
一片阳光似的橘红

赤橙橘子绿叶片
这带着叶片的橘子好生可爱
我叫服务员帮忙撑袋
我将这些精灵双手捧起

进门的老奶奶指着我笑语
这傻孩子连树叶子也买了
我心里美滋滋的
因为我买的是一片片生机

## 香水有毒

芥子姑娘泪水夺眶的那一刻
我才知道她这几年的艰辛
原来心酸苍老容颜并不可怕
可怕的是苍老了芥子的心

我突然在想
芥子的稚嫩的心是怎么一步步挨过来的
女强人

## 悲剧

纷纷扬扬的大雪
雪地里一群孩子互扔雪球
孩子们玩得汗流浃背
雪仗后,小明背着沉重的课本回家

回家后小明发现裤兜里的手机不见了
小明妈妈知道后,猛揍他
小明被活活打死
这位母亲悔之晚矣

生命无以复制
小明的妈妈从楼房一跃而下
两条生命就这样从此消失
只剩躯体,只因一部儿童手机

当太阳重回大地,白雪消融
小明父亲来到孩子那天打雪仗的地方
雪仗地里惊现一部儿童手机

## 似雪年华

当寒风吹动你的长发
雪花在你周围飘洒
想起曾经牵手路过的芳华
现实世界没有浪漫的雪花
只有哭泣的玫瑰

唯有走进爱情的童话
抬头仰望,张开臂膀
就让那凛冽的西北风
夹裹着你钻进我胸怀

我随手一接,朵朵圣洁的雪花
瞬间被我的手温吮吸成泪
祭奠无声的童话

## 无能为力

将善良作价
去换取一颗坏掉的良心
只为救赎一个堕落的灵魂

你借钱给他
他将信任透支给你
你雪中送炭同时
引火上身
他以不还钱的形式
给你火上浇油

他知道
恶人的血不好喝
他要喝老实人的
我度不了他

## 舞者与我

狂热的舞步
扭动着一颗孤独的心
那狂甩的头发
似乎要将不痛快的脑细胞
一股脑地甩掉
唱的人孤独
跳的人孤独
看热闹的人
更孤独

而我则选择
在热闹的空气中
安静地待着

## 彩霞

彩霞不是祥云
是个女生,是村小学的三好学生
数学好、语文好、自然好
忽一日,我数学考了一百分
彩霞考了九十七
老师表扬了我
数落彩霞粗心
那天下午放学后
彩霞拿笤帚抽了我
把铁簸箕摔得咣当响
她告诉我,谁考第一谁打扫
彩霞摔门扬长而去
索性有一次课间活动
将我推墙上
脑门蹭了个疤
至今想不明白
我到底错在哪里

十多年后再遇彩霞
她已是三个娃的娘

怀里抱着一个
左手牵着一个
身后跟着一个
有俩还淌着她儿时的绿鼻涕
我俩一见面就扑哧地笑了
彩霞笑了,我也笑了
也许,彩霞早就把我放下了

## 天生两对

一个抽烟的女人,晚上和狗同宿
一个出狱的男人,日夜与狗相伴
女人曾经骂男人,猪狗不如
男人说娶她,不如娶条狗

后来,他盗窃住了监狱
她偷情离了婚
他娶狗为妻
她嫁给了狗
他和她,不再彼此信任
余生只相信狗

## 高端

老猫说他换了饵料之后
池鱼噌噌地咬钩上钓
这饵料不光勾起鱼儿的食欲
还勾起鱼儿无尽的贪欲
这鱼死于钓者的阳谋

人,虽不自由
却能享食大自然中
一切自由的生命体
吃进自由,吃尽自由

童话里的白雪公主
最终败给了现实中的后母
因为后母变成了富婆
白马王子做了鸭

## 无语的日子

不知不觉
走过了不知不觉的年龄
现在的人生状态
就像现在的手机铃音
从起初的歌声嘹亮
调整到后来的振动
现在的多数时候是静音

走过不屑
走过不知
走过不觉
过去身不由己
现在不由自主
走寻下一站
未知未觉
时间没有手刹器
可以拉起

## 自渡

在一个画地为牢的迷你公园
漫步、慢跑、晒太阳
柔风耳畔划过
阳光自由散漫
在这个受限空间
还能享受到
独属一人的午后时光
此刻，如此曼妙
被浊雾填满的心逐渐放空

这小路蜿蜒，像极了人生
哪有什么圆满
众生皆在原地画圈
自是一种轮回
心无边，海无涯

## 闰二月的清明节

据说,清明节是二十四节气里
唯一既属节气又是节日的日子
又说,二〇二三年的清明节在闰二月里
不能上坟

在梦里,在模糊的泪影里
我清楚地看见母亲向我走来
醒来的那一刻,安静得
只能听见自己的耳鸣

清明
清楚,活着本来很简单
明白,死去其实很容易

## 禅修

浸沐在古琴的弹奏声中,打坐
我变成了一二三木头人
这琴音似玄学,弹古论今
那些古树、古建筑
古刹里的神佛
历经沧桑,纹丝未动
这定力如此神通

## 看似平常

时光从来不语
那些从黑发丛里
钻出来的白发
就像是岁月神偷
射在鬓角上的暗器

白头发比黑头发的个子高
像个刺儿头一样难以搞定
我们终其一生
都在等待无常的到来
修为越高,无常来得越晚

## 一块手表

偶然间,看到工友手腕上的表
这块被岁月侵蚀的信物
破旧孱弱,脏兮不堪
依稀能够证明
那段婚姻和爱情的过往
人表情未了

又让我想起了
那块被查封的百达翡丽
价值不菲,光彩夺目
却躲在贪官的保险柜里
终日见不得阳光
表里不一

## 最美梦乡

当汽车像流星一样划过村庄
牛群是行走在田地边的云朵
爷爷的电动三轮载着孙儿孙女
大树是镶嵌在湿地里的绿宝石
村庄是堆在田野里的蛋糕
村庄，梦开始的地方

# 后记：
# 人不能吃太饱

## 1

读书曾经是我用来充饥的办法。在读师范的五年里，我常常肚子是撑的，胃却是饿的，那种"吊人胃口"的感觉终生难忘。因为曾经连续吃了两个月的方便面，严重的营养不良，导致体重由一百二十斤下降到八十斤，精神一度抑郁。外出看病的时候，我在远方亲戚的开导下，我三天三夜没有闭眼。读路遥先生《平凡的世界》，我暗下决心也要写长篇小说。

## 2

毕业后，我响应党的号召，成为山西省第一批大学生村干部，三年后到了林业部门工作。日常上山下乡，足迹踏遍左权县的山山水水、村村寨寨。后来，在组织的安排下，我到市里挂职交警，到村里挂职第一书记，并且有过两次赴省纪委工作锻炼的经历。在工作和生活中，我常将灵感快速写成短小的文字，故事很多，却始终难以串联成一部小说。

3

我长期工作的地方，和县文联的办公室相距很近，在同事郝炳伟和白帆的引荐下，我有幸结识了当时县文联的孟振先主席和作协的张基祥主席。没有写过一首诗歌的我，在2017年参加了中国诗歌协会和山西省诗歌协会在左权县举办的好几场培训交流活动后，开始写作现代诗。尽管各路专家多次冷水指点，但我从未灰心，坚持写作。我没想到，曾经怀揣创作小说和写作散文梦想的我最后钟情于写作现代诗。

4

做了父亲的我，却始终无法释怀母亲的早逝。母亲的去世，一直是我内心深处的痛楚。因难以割舍，以至常借饮酒浇思母愁，没少被父亲、妻子、孩子等其他亲人说教。与其说放不下酒杯，不如说放不下母亲。2019年腊月里的一次住院经历，在邻床玉清阿姨的心理疏导下，我第一次在这位阿姨面前痛痛快快地哭诉了一回。那一刻，郁积在心里多年的无处言说，我一股脑地倾诉给了玉清阿姨。整整两个小时，我释怀了，我放下了太多的放不下。

5

我很感激起点诗社，感谢我的文友们，开导我、鼓励我、爱护我，感激生于左权这片英雄的土地，感恩县文联和来自北京的罗南杰书记对我们这些乡土诗人的关心帮助。未来不迎自来,生活宠辱不惊。心怀春天,去留无意。有的是凭感觉写下的,有的是灵光乍现写就的,有的诗我自己读了都感到俗不可耐,咱本就是一个生活在世俗里的平常人。

## 跋：
## 歌飞太行情意长

诗因歌而生，三千多年前的《诗经》是唱出来的。诗是心灵飞出的歌，我们今天捧出的这套丛书《歌飞太行》，就是九位本土作者对生活、对真情的吟唱，对祖国、对家乡的赞颂，是飞扬在太行山巅、清漳河畔的一曲曲动听的歌谣。

这是左权文坛的大喜事，是左权文学艺术界的盛事，也是左权县文化事业上令人振奋的新的里程碑，恰如毛泽东《咏梅》诗云："待到山花烂漫时，她在丛中笑。"在这里，烂漫的"山花"，即九位作者的九部诗集；报春的"梅花"，即中国外文局委派来左权挂职的罗南杰等同志。

中国外文局帮扶左权县十多年来，为左权办了很多实事。罗南杰同志挂职桐峪镇党委副书记两年来，负责教育、文旅等多方面工作，成绩斐然。他常年在乡下，与农民打成一片，在工地上，人们常常以为他是一个地地道道的"农民工"，乡亲们都把他当成贴心人，遇到难事都会想到"去找罗书记",罗书记就是这样一位古道热肠的人。当他发现左权县这片集红色历史与绿色文旅于一体的热土上,有这样一群勤奋的诗歌创作者。一首首来自生活最底层的诗歌,透射着人性的真善美,折射出他们对家乡、对祖国的挚爱,对社会、对人生的思考,是诗歌照亮了他们的精神世界。他感动之余,主动到县文联了解情况,得知他们有的处于工薪阶层,有的为生活东奔西忙,甚至有的生活还很困难,平时辛勤创作积累的大量诗稿,因囊中羞涩难以积集成书。罗书记决定伸出援手扶持他们,也为左权县的繁荣兴盛注入丰富的文化内涵和勃勃生机。他将此事向中国外文局领导作了汇报,经多次沟通,终于达成这次助力圆梦行动。与此同时,他多次和作者们坐到一起,就诗集的宗旨、内容进行详尽指导。有着军人情怀、诗人文采的他,很快与这群乡土诗人成为莫逆之交。

在此期间,九位诗作者快马加鞭,收集整理诗稿。为了让每首诗更精炼、更妥贴,他们在原创作的基础上夜以继日地仔细打磨,相互切磋,经过四个多月的精雕细琢,这套丛书终于收官。

在成书过程中,县委、县政府及宣传部领导高度重视,多次关注此事,鼓励作者扎根泥土、扎根人民，创作出无愧于家国的优秀作品。在此，诚挚感谢各位领导的大力支持！同时，感谢的还有：已近耄耋之年的原县作协主席张基祥先生和县文联原主席孟振先女士，以及多位热心人士，他们多次给予丛书悉心指导。

这九部诗集，反映了左权文学事业向上向好发展的强劲势头，也让我们认识了太行山怀抱里这群可爱的垦荒诗人，他们有担当，有情怀，体现了厚重的太行精神。他们的作品充溢着浓郁的乡土气息和诗情画意。但由于这样那样的局限，在个性化的诗歌创作中，丛书在一定程度上还存在诸多不足，敬请广大读者理解包容，批评指正。

于此，左权县文联携九位作者，向中国外文局的各位领导致以崇高的敬意！向新星出版社的各位编审老师致以诚挚的感谢！诸君的伯乐之举，圆了这群乡土诗人的文学梦，为享誉世界的民歌之乡留下浓墨重彩的一笔。同时希望更多的诗歌爱好者以此为契机，热爱生活，潜心创作，在这片有着《诗经》余韵的文化厚土上纵情驰骋，引吭高歌！

左权县文学艺术界联合会

2023 年 5 月